D0614890

Les Mardis de Béatrice

Francine Tougas

Les Mardis de Béatrice

Libre Expression
QUEBECOR MEDIA

Catalogage avant publication de la Bibliothèque nationale du Canada

Tougas, Francine, 1952-

   Les mardis de Béatrice

   ISBN 2-7648-0137-8

   I. Titre.

PS8589.O677M37 2004   C843'.54   C2004-940893-3
PS9589.O677M37 2004

Illustration de la couverture
NINA BERKSON

Maquette de la couverture
FRANCE LAFOND

Infographie et mise en pages
ÉDISCRIPT ENR.

Les Éditions Libre Expression remercient le ministère du Patrimoine canadien, le Conseil des arts du Canada, la Société de développement des entreprises culturelles du Québec (SODEC) et le Programme de crédit d'impôt du gouvernement du Québec du soutien accordé à son programme de publication.

Tous droits de traduction et d'adaptation réservés ; toute reproduction d'un extrait quelconque de ce livre par quelque procédé que ce soit, et notamment par photocopie ou microfilm, est strictement interdite sans l'autorisation écrite de l'éditeur.

© 2004, Éditions Libre Expression

Les Éditions Libre Expression
7, chemin Bates
Outremont (Québec) H2V 4V7
Dépôt légal
3ᵉ trimestre 2004
ISBN 2-7648-0137-8

Pour Alice

Le shylock

Parfois, ça me revient très clairement, ça me traverse en un éclair : un bar, des gens, de la fumée, des bruits de voix. Je vois un gars, un petit sourire crispé aux lèvres, la peur dans l'œil… Et je me vois, moi, les joues rouges, les yeux exorbités, le souffle court, moi qui viens de donner de toutes mes forces un grand coup de poing sur la table ! Je vous le dis, j'y repense, puis je peux sentir la chaleur sur le côté de ma main, là où j'ai une cicatrice depuis l'âge de quatre ans. Mais, ce qui me frappe surtout, c'est de me rendre compte qu'il n'y a pas si longtemps j'avais des opinions bien arrêtées, des convictions. Je croyais assez fort en mes idées et en moi-même pour discuter, me mettre en colère, gueuler, taper sur la table et, ça m'est arrivé, quitter avec fracas une soirée entre amis, pour une question de linguistique, de morale ou de politique.

– Ça te manque ?

– Quoi ? La bataille ? Non. Mais le reste, oui… Je veux dire… Le temps où j'avais des certitudes…

– …

– … Mais maintenant, si j'ai une certitude, c'est celle de ne plus en avoir. Plus de raison de me chicaner avec mes amis, ni de réveiller ma petite cicatrice… C'est à peine si je tapote du bout des doigts sur la table quand un imbécile vient me débiter son blabla alcoolisé dans un bar. Parce que, voyez-vous, j'ai compris que tout le monde a ses problèmes… C'est un imbécile, d'accord, mais qu'est-ce qui l'a amené là ? Il ne s'est pas fait tout seul… Il faut le comprendre, il faut les comprendre tous, même les criminels, même les hommes politiques ! Bush, par exemple, c'est pas un si mauvais homme, dans le fond. Il est sincère, j'en suis convaincue. Il croit à ce qu'il dit, à ce qu'il fait. Il a des certitudes, lui ! Quand il tape sur la table, lui, c'est toute la planète qui a mal à sa cicatrice…

– Tu ne trouves pas que tu exagères ?

– Pantoute ! Tout le monde a raison ! Tout le monde fait son possible. Tout le monde est « un bon ». Les « méchants », ça existe pas. C'est un concept… absurde !

– Ah bon… ?

Il sourit, de son petit air avisé de vieux renard, sans me quitter des yeux. Je pourrais mettre un dix sur ce qu'il va dire ensuite.

– … Tout le monde est bon sauf toi, n'est-ce pas ?

– J'ai pas dit ça !

– C'est vrai, tu n'as pas dit ça…

Petit sourire entendu…

– Qu'est-ce que vous voulez insinuer ?

– J'ai l'impression que quand tu dis : « Tout le monde est un bon », tu ne te comptes pas dans le nombre.

Il me regarde droit dans les yeux, très fier de lui. Il a raison, bien sûr. Je ne me compte ni dans les bons, ni dans les méchants. Et tous ces gens si sûrs d'eux-mêmes, leur petite sincérité sous le bras, je les méprise.

– Je m'en fous d'être bonne ou méchante! Je parle pas de moi, là, je parle des autres. Pourquoi essayez-vous toujours de tout ramener à ma petite personne?

– Peut-être parce que j'ai peine à concevoir que tu viennes me voir une heure par semaine, à quatre-vingt-cinq dollars la visite, pour me parler des autres. Je ne sais pas pourquoi, mais ça me semble, disons, «absurde».

Il a prononcé le mot du bout des lèvres, précautionneusement, comme s'il avait touché à un objet précieux ne lui appartenant pas. En fait, ce mot-là, j'en fais un usage si régulier qu'il est pour ainsi dire devenu ma propriété.

Mais je sais ce qu'il veut faire, en ce moment, avec son «emprunt»: il veut renouer la complicité. Pas moi. En ce moment, je suis d'une mauvaise foi totale...

– Y a rien d'absurde là-dedans. C'est avec les autres que j'ai des problèmes, pas avec moi!

– Ah bon...

– Je vais vous dire quelque chose, à matin! J'en reviens ben de l'analyse puis des sous-entendus freudiens! Quand je veux parler de quelque chose, j'y vais carrément! Je suis pas gênée! Mais je suis tannée de vous voir dénicher des doubles sens partout. Puis, je suis tannée de me regarder le nombril. Y a rien dans mon nombril, juste des petites mousses grises, des fois, comme tout le monde. Moi, mon problème, il est pas existentiel, il est fonctionnel!

Cette réplique, entamée avec désinvolture, a changé de ton en cours de route, et je l'ai terminée sur une note exaltée, pas peu fière de ma trouvaille: «Mon problème, il est pas existentiel, il est fonctionnel!» Super!

Je le regarde hardiment (c'est rare), frémissante, débordante d'autosatisfaction, un soupçon de défi dans l'œil… Hein mon vieux ? Qu'est-ce que t'as à répondre à ça ?

Le visage totalement inexpressif, après un regard à sa montre, il me jette :

– On en reparlera la semaine prochaine…

Sur ce, il se lève, dépose son calepin (sur lequel je ne l'ai jamais vu prendre une seule note et qui me semble d'ailleurs complètement vierge, ce qui implique que, même en mon absence, il n'y écrit rien) sur son bureau, tandis que machinalement – c'est la routine – je remets mes souliers, saisis mon sac, en retire le quatre-vingt-cinq dollars déjà préparé, le lui tends et – toujours la routine – lui serre la main du même mouvement. Puis, son sourire poli :

– Bonne semaine. À mardi.

– Merci. Vous aussi. À mardi.

Mais je le grifferais. Cette habitude détestable qu'il a de ne jamais reconnaître mes bons coups ! Et cette maudite manie que j'ai de toujours les pondre à midi moins une minute…

Je rentre à l'agence en le traitant intérieurement de salaud, d'hypocrite, en créant pour lui une exception à ma nouvelle théorie du « tout le monde est un bon, tout le monde est sincère »… Lui, c'est un méchant, un sale voyeur de l'oreille, un déséquilibré et un sadique. Il m'asticote, me provoque pendant une heure et, juste au moment où je m'emballe et déballe ma marchandise, mon gros paquet, mon âme quoi !, il me cloue le bec d'une voix sèche de téléphoniste : « *Sorry, your time is over, put another dime…* ». Sadique et mercantile. Un spéculateur thérapeutique. Un shylock freudien. Je viens de le rencontrer pour la dernière fois.

La sieste

« M on problème, il est pas existentiel, il est fonctionnel », lance-t-il platement quand je lui demande où nous en sommes restés la dernière fois.

– Ah oui, c'est vrai…

Il existe une convention entre nous. C'est toujours par les dernières paroles échangées qu'on reprend notre « entretien », comme il dit, à mon grand désaccord d'ailleurs, car c'est à peu près exclusivement moi qui parle, et si lui entretient quelque chose, c'est son bureau, sa maison, sa femme ou sa je ne sais quoi… tout cela à mes dépens et à ceux de mes semblables, ce que je ne manque pas de lui souligner régulièrement, avec une malveillance qui ne lui arrache qu'un haussement de sourcils ironique et, parfois, une remarque du style : « Et toi, tu ne gagnes pas ta vie ? », ou pire : « Qu'est-ce que tu voudrais savoir ? Ça t'intéresserait que je te parle de moi ? », ce qui évacue immédiatement le sujet, car je suis littéralement terrifiée à l'idée de l'entendre me raconter sa vie. De toute façon, j'en ai plein les bras juste à essayer de m'intéresser à la mienne…

Donc, la convention est de continuer, disons la conversation, comme si cette interruption d'une semaine n'avait jamais eu lieu. Une fois les dernières paroles citées, on a toujours le choix de poursuivre ou non dans la même veine. Je poursuis rarement, pour la simple raison qu'à tout coup ces dernières paroles semblent obscures, parfois idiotes, et dénuées de sens pour la personne que je suis devenue au cours de la semaine précédente. Cette fois-ci, non seulement leur signification m'échappe, mais, en me rappelant ma frustration lorsqu'il m'a interrompue, je me demande si je n'ai pas complètement changé de personnalité depuis sept jours…

— Croyez-vous que cela soit possible, un revirement complet de personnalité, une sorte de mutation excessivement rapide, disons, en une semaine ?

— Rien n'est impossible…

Sourire indéfinissable.

— C'est drôle, la dernière fois, je vous aurais tué pour m'avoir coupé la parole. Mais, rendue chez moi, je n'y ai plus repensé. J'ai même passé les derniers jours à chercher sur quoi on s'était laissés… Pas moyen ! Le blanc. Le trou. Par contre, ce qui me revenait, c'est…

Stop ! J'avais pas l'intention de dire ça, je m'y étais pas préparée. C'est mauvais, très mauvais. Si je me mets à lui raconter tout ce qui me passe par la tête ! Mais maintenant que j'ai commencé, il va falloir continuer. Avec lui, pas moyen de passer à côté. J'ai déjà essayé de le tromper en terminant par une vétille, une phrase « importante » que j'avais commencée étourdiment… À croire que cet homme est un détecteur de mensonges incarné, il m'a toujours percée à jour et torturée jusqu'à ce que je crache le morceau. Torturée. Le mot n'est pas trop fort.

— Oui ?… Ce qui te revenait ?

– Ah… rien. Des impressions, le sentiment de n'être pas allée au bout de ce que j'avais à exprimer. Ma bonne vieille frustration, quoi !

Là-dessus, j'émets un petit rire racoleur, appelant le sien… Mais c'est étrange comme mon auto-sarcasme ne l'a jamais amusé… Dommage.

– C'est drôle, mais j'ai l'impression que tu allais dire autre chose de plus précis. Tu t'es animée, tes yeux ont lancé quelques étincelles, ton pied droit s'est crispé comme quand tu t'apprêtes à dire une chose qui te tient à cœur mais qui t'effraie.

– J'ai pas besoin de miroir avec vous, hein ?

Je déteste ça, quand il me décrit ainsi. Ça me rappelle mes cours d'improvisation, où le professeur, pour nous apprendre la confiance et la disponibilité, nous mettait à tour de rôle en vedette et demandait aux autres de nous décrire en détail, au physique et au reste… Ce qui m'a appris, à défaut de la confiance, que la vacherie humaine n'a pas de limites. Je lui ai déjà raconté cette anecdote, les premières fois qu'il m'a fait le coup du miroir. Dans ma grande naïveté, j'avais cru que cela le découragerait d'y revenir. Bien au contraire, peut-être parce qu'il voit là une résistance qui vaut la peine d'être fouillée, il y recourt sans cesse. Alors, je me raidis, n'ose plus bouger (si je change de position, je trahis un désir de fuir), n'ose plus le regarder en face (un tressaillement de sourcils, un frémissement de narine peut lui révéler un abîme d'émotions refoulées), n'ose plus prononcer une parole et demeure ainsi parfois plusieurs minutes, en sueur, le maudissant intérieurement et éternellement jusqu'à ce que, ayant sans doute pitié de moi, il brise le miroir. Cette fois-ci, le silence ne dure que deux minutes…

– Qu'est-ce qui se passe ?

— Je vous l'ai déjà dit que j'haïs ça, quand vous me scrutez…

— Je te renvoie une image… Qu'est-ce qui te déplaît dans cette image-là ?

— Ça me déplace, ça me retourne vers moi. Quand je parle, je veux pas savoir de quoi j'ai l'air. De toute façon, je le sais : je grimace, je gesticule, je deviens tendue comme si le sort du monde dépendait de ce que je suis en train de dire. Je me connais, je la connais mon image !

— Sais-tu aussi ce que tu fais quand tu décides de t'interrompre au milieu d'une phrase ?

Ça y est. Je le savais qu'on en reviendrait là. Faut lui donner ça : il a de la suite dans les idées.

— Qu'est-ce que je fais ?

— Au moment où tu te rends compte que tu vas dire quelque chose que tu ne veux pas dire, tu ouvres la bouche et tu aspires un grand coup, un peu comme un nageur de crawl. Tu restes quelques secondes ainsi, bloquant ta respiration. Tes yeux regardent au loin. Si tes mains sont près l'une de l'autre à ce moment, tu prends le pouce de ta main gauche dans ta main droite et tu le serres, tes jointures blanchissent légèrement. Si tes mains sont éloignées, par exemple de chaque côté de tes cuisses, tu te grattes des deux mains en même temps ou parfois en alternance, trois coups à gauche, trois coups à droite. Ton pied droit qui, l'instant d'avant, s'était crispé, entreprend maintenant une petite danse : deux coups à gauche, deux coups à droite, un coup au centre et ainsi de suite. Mais, principalement, ce sont tes yeux qui essaient d'attirer l'attention. Eux aussi vont et viennent en cadence, de gauche à droite, mais avec beaucoup plus d'ostentation. Puis, brusquement, ils s'immobilisent, se fixent sur un objet, généralement sur la petite lampe ici, et finalement, tu parles. Alors, c'est la détente totale. Tes mains et ton pied se relâchent, tu recommences à respirer normalement, ta voix est douce, presque faible, tu accompagnes tes paroles de lents hochements de tête et tu…

– Ok, OK!

Qu'est-ce que je disais? De la torture! Comme quand mon frère me tordait le bras jusqu'à ce que je dise «chut, mon oncle!», que je lui révèle le dernier secret, ou que je lui donne ma grosse bille mauve.

– … Chut, mon oncle!

– Pardon?

– Je capitule. Je vais vous le dire, ce qui m'est revenu pendant la semaine… C'est quand vous m'avez lancé: «Tu ne trouves pas que tu exagères?» Ça… ça m'a frappée.

– Pourquoi?

– Parce que c'est vrai, mais surtout parce que c'est rare que vous me sortez des choses comme ça.

– Comme quoi?

– Je veux dire… Que vous me critiquez.

– Tu as vu ça comme une critique?

– C'ÉTAIT une critique. Mais vous avez le droit…

– Merci.

Une pointe de sarcasme dans sa réplique. L'impression de l'avoir touché. Ça ne se fait pas, critiquer le client?

– Ça se fait pas, critiquer le client?

– Qu'est-ce que tu veux dire?

– J'ai l'impression que vous pensez avoir commis une faute d'éthique en me critiquant…

– On peut en parler si tu veux… Mais je te signale que tu changes de sujet.

– Pas du tout ! Je suis en plein dedans. Vous m'avez demandé si j'avais pas l'impression d'exagérer. C'est une critique, ça, et tout le monde me l'a toujours faite. J'avais cinq ans et ma mère me le disait. À l'école, mes professeurs me le disaient aussi. Mes amies, mes chums, mes collègues. Tout le monde !

Je m'emporte. Je suis sûre que mes joues sont rouge tomate.

– … Le pire, c'est que, jusqu'à dernièrement, j'y comprenais rien. J'ai passé des années à me demander de quoi ils parlaient tous. Puis, j'ai fini par comprendre. Exagérer, c'est pousser les significations, les sentiments, les idées, les explications à leurs extrêmes. Mais c'est surtout déranger. Ça, je l'ai toujours compris, mais je peux pas faire autrement, à moins de me taire.

Ma voix craque, tout à coup.

– … Alors, c'est ce que je fais, maintenant. Plus un mot de travers. Je ne dérange plus. Je continue à exagérer, mais en silence.

Merde. Je ne vais tout de même pas me mettre à pleurer ! Silence épais. Je m'y vautre. Je m'absente de la parole et même de son regard. Je m'éloigne dans un recoin douillet, épuisée, faiblarde, mais extrêmement soulagée, comme quand une rage de dents prend subitement fin. Je ferme les yeux, appuie ma tête sur le dossier. Je ne pense à rien.

Sa main sur mon épaule…

– Il est midi.

– Hein ? J'ai dormi !

– Bien, j'espère…

– Vous m'avez laissée faire !

– Oui. On se revoit la semaine prochaine.

La routine. Puis dehors, l'odieux de la situation me frappe. Je me suis endormie ! Je me suis évadée, retirée en moi-même, affaissée lamentablement. J'ai dormi comme un bébé qui a trop pleuré, le pouce dans la bouche. Et lui qui m'a regardée tout ce temps ! J'espère que je n'ai pas ronflé, au moins… La catastrophe. Je vais en entendre des belles, la semaine prochaine. À moins que… Qu'est-ce que je fous là, de toute façon ? C'est absurde. Ou je refuse de parler, ou bien je débite des balivernes et m'emmerde moi-même, ou alors je parle VRAIMENT et ça me fatigue tellement que je m'endors. C'est décidé, j'arrête. Tiens, au fait…

L'œil

Ça vous intéresse, les rêves ? La semaine dernière, pendant ma sieste, j'ai rêvé que j'arrêtais la thérapie.

– Ah bon. C'était un bon ou un mauvais rêve ?

– Je vous expliquais mes raisons. C'était très logique, très intelligent, irréfutable, je dirais. Malheureusement, je ne me souviens plus de ce que je vous disais…

– Malheureusement…

Un petit sourire de rien.

– D'ailleurs, si je voulais vous raconter le quart de ce que je vous dis dans ma tête quand je suis seule, c'est des rencontres de trois heures qu'il faudrait avoir…

Qu'est-ce que je viens de dire là, merde.

– Ah oui ?

Vite, un rire, même jaune.

– Heureusement POUR VOUS que j'ai pas les moyens… Ah ! Ah !

Re-merde. Ferme-la, tu te cales.

– J'en déduis que tes réflexions ne sont pas toujours flatteuses pour moi… C'est important de me faire savoir ce que tu penses de moi ?

– Commencez pas ! C'était juste une farce.

– Ah, pardon. Je n'avais pas saisi.

J'aurais dû m'en douter. Très maladroit de ma part de lui avouer candidement que je lui parle dans ma tête ! Qu'est-ce qu'il va s'imaginer ? Que je fantasme sur lui ? En ce moment même, il doit se lécher les babines intérieures en pensant que ça y est, je suis « accrochée », en plein transfert ! Qu'est-ce que je pourrais bien dire pour me tirer de là ?

– Je suis curieuse de savoir ce que vous, vous avez pensé de ma sieste.

J'aurais pu trouver mieux, mais c'est un os qu'il ne dédaignera certainement pas de gruger.

– J'ai pensé que tu étais fatiguée.

– Essayez pas ! Je le sais que vous en avez tiré toutes sortes de conclusions.

– Ah oui ? Lesquelles ?

– Des conclusions simplistes. Que ma sieste était un recul, une fuite, une façon de nier l'émotion que je venais d'exprimer… Que, malgré mon apparence assurée et mon attitude agressive, je suis dans le fond très sensible et vulnérable. Que sous la femme sûre d'elle se cache une petite fille qu'une simple remontrance peut faire pleurer, et blablabla.

Silence. Il me regarde d'un air intrigué. Puis :

– Et une conclusion, disons, plus développée, ce serait quoi ?

– Je sais pas. Vous pourriez me le dire, vous. C'est pas pour ça que je vous paye ?

Bon. Franchement. S'il faut que je me mette à être vache…

– Je ne sais pas pourquoi tu me payes. C'est toi qui pourrais me le dire…

– Je m'excuse. Je… Je vais être menstruée d'une minute à l'autre, ça m'améliore pas le caractère.

Pensez-vous qu'une ménopause précoce arrangerait mon cas ?

Ah. Ah. Ah. C'est pas la première fois que je m'excuse d'une platitude en invoquant mon SPM. Y va penser que je suis obsédée par mes menstruations… Tant mieux, ça va peut-être l'empêcher de poser trop de questions sur la place qu'il occupe dans mes pensées…

– Quelque chose me frappe dans ce que tu dis…

Ça y est, il mord ! Je suis sauvée !

– Ah… Ah oui ? Quoi ?

Ne pas avoir l'air tout de suite trop intéressée, arborer une mine désabusée et, surtout, me montrer surprise au moment où, de son petit air futé, il va me signaler (comme il dit) la récurrence du thème « menstruations » dans mes justifications d'humeur. Puis, pourquoi pas, après un silence où il pourra sentir sa brillante idée faire son chemin dans les méandres brumeux de ma conscience, j'afficherai une expression légèrement reconnaissante, je dis bien : légèrement ! Il n'est quand même pas fou, ce pauvre homme, ça serait louche que bang ! du jour au lendemain, je me mette à lui donner raison ; surtout qu'aujourd'hui, je suis censée nager en plein syndrome prémenstruel… Donc, bonne volonté mais prudence.

Il hésite, l'air tracassé. Ça le gêne de parler de menstruations ? (Incroyable). Il semble chercher, les sourcils froncés, comme s'il fouillait dans une boîte à la recherche d'un minuscule objet. Puis :

– Blablabla.

– Pardon ?

– C'est ça qui me frappe. Ce que tu as dit, ou plutôt ce que tu n'as pas dit en terminant ta phrase par : «... et blablabla.» Je peux me tromper, mais il m'a semblé qu'il y avait de l'épaisseur là-dedans.»

Pourquoi est-ce que je me fourvoie toujours sur son compte ? D'habitude, avec les gens, je réussis immanquablement à prévoir ce qu'ils vont dire. Mais lui... Bon. Ne nous plaignons pas, mieux vaut parler blablabla que transfert. Tiens, pourquoi ne pas utiliser ici ma bonne volonté, tant qu'à l'avoir sous la main... Mais, prudence quand même.

Silence. Réflexion (je me mordille une lèvre). Puis, une expression sereine (et comme soulagée) éclaire mon visage.

– Je pense que vous avez raison. C'était épais. Très épais. C'est parce que... j'éprouve ça depuis que je suis toute petite, voyez-vous : la dichotomie entre l'image que je projette et mon expérience intérieure, mon vécu intime...

Wô. Exagère pas, il va se douter de quelque chose.

– ... Alors, vous comprenez, je suis horripilée quand on me parle de mon masque, de l'enfant sous l'adulte ; quand on scrute mes moindres gestes, mes moindres soupirs, à la recherche d'une faille, d'un signe de faiblesse, d'un aveu de chagrin. C'est vrai que j'ai un masque, une carapace, même ! Et je m'en suis jamais défendue !

Du calme. Du calme.

– ... Vous pensez que j'ai pas ri, la première fois qu'un fin finaud s'est vanté d'avoir découvert une sensibilité écorchée sous ma constante agressivité ? Merde ! Y a rien de plus évident ! Y a eu un moment dans ma vie, quand j'étais adolescente, où je me suis amusée à faire peur au monde avec mes cris, mes jugements à l'emporte-pièce et mes colères dramatiques. Je me disais que si les gens étaient assez stupides pour croire à mon théâtre, ils méritaient bien de se faire brasser un peu. Mais maintenant, ça m'amuse plus.

C'est beau. Arrête-toi ici.

– … Maintenant que je suis consciente d'être incapable de m'exprimer en ligne droite, d'être une infirme du sentiment et une dyslexique des émotions, j'aurais plutôt tendance à voir rouge quand on croit me découvrir, quand on m'offre de consoler la petite fille blessée en moi et de m'aider à «jeter le masque»!

Ça va. Stop.

– … J'aurais plutôt tendance à m'enrager et à avoir envie de tuer quand n'importe quel tarlais avec qui j'ai l'imprudence de me laisser aller un peu se permet de m'analyser et se croit autorisé à faire de la psychologie primaire sur mon dos!

Merde.

Il me regarde en souriant. Le vieux crapaud. Qu'est-ce qu'il va me sortir, encore?

– C'est à ça que ça ressemble, ce que tu me dis dans ta tête?

J'aurais dû m'en douter.

Je décide de mordre.

– Non. Ça, c'est une version expurgée. L'originale est mille fois pire. Pour être franche, c'est obscène!

Sourire de sa part. Pas son rictus de bête qui va bondir. Un vrai sourire. (Il me trouve drôle? Vraiment?)

Je lui souris à mon tour.

Il a raison. Il est important pour moi. Je passe des heures à me demander ce qu'il pense de moi, de mes paroles, de mes maigres révélations, de mes sautes d'humeur, de mon humour, de mon intelligence, de la conscience que j'ai de moi-même et de mes problèmes, de tout ! En fait, je suis littéralement obsédée par lui ! Pourquoi ne pas le lui dire ? Qu'est-ce que ça peut faire ? Je suis ici pour ça. Et lui, il est payé pour entendre ce genre de stupidités. Il s'en fout, de toute façon. Y faut vraiment que je sois très imbue de ma petite personne pour m'imaginer qu'il se préoccupe de mon jugement et de mes spéculations sur le sien à mon égard. Bref, comme disait mon père : *Shoot the crap !* Qu'on en finisse ! Après, il va peut-être me foutre la paix.

– Quand j'étais petite, je croyais en Dieu. Le dieu catholique, je veux dire… Je croyais qu'Il avait réellement un gros œil qui me suivait partout, même dans mon bain, même quand je faisais caca, même dans mes souliers, où il pouvait voir les trous au bout de mes bas. L'enfer ! De peine et de misère, j'ai réussi à le crever, cet œil, et, pendant un certain temps, j'ai pu me jouer dans le nez, faire l'amour et piquer des conserves d'huîtres fumées en paix. Mais il est revenu. Plus gros et envahissant que jamais. Il me scrute, même quand je dors. C'est VOTRE œil.

Tiens, mon vieux snoreau ! Tu l'as, ton transfert. Content ?

– Vous êtes content, là ?

– À propos de quoi ?

Perdu, le pauvre. Il a même pas l'air de faire semblant.

– Laissez faire. *Time !*

– Pardon ?

– Je débarque ici. Si vous avez un sujet qui vous tracasse, vous pouvez y réfléchir en paix. Je dirai plus rien aujourd'hui. J'ai fait mon effort.

– T'es pas contente de notre entretien…

— Je suis fatiguée, mettons. Au cas où vous vous en souviendriez pas, je fais autre chose dans la vie que de venir ici vous faire des confidences sur mes états d'âme. J'ai une promo qui commence dans deux semaines…

— Quel genre de produit ?

— Un détachant. Je sais pas comment je vais m'en sortir… J'ai pas la moindre petite idée, et pas la moindre envie d'en avoir. Je suis faite. Je suis faite à l'os.

Le motton. Ayoye, ma gorge est en feu ! Du calme. Il serait trop content de me voir enfin utiliser sa fameuse boîte de kleenex ! D'ailleurs… Je me demande bien si quelqu'un s'en sert… Elle semble toujours remplie. À moins qu'il la mette là seulement pour moi ? Peut-être que son tarif comprend une boîte de mouchoirs à l'usage exclusif du client ?

— Ça va ?

— Oui oui… Je pense que je commence un rhume…

Petit silence. Pas dupe. Puis…

— Ça t'intéresse d'avoir ma version, maintenant ?

— À propos de quoi ?

— De notre dernière rencontre.

Ah. C'est quand même rassurant de savoir qu'il y a quelqu'un, ici, qui perd pas le fil.

— Allez-y.

Je peux lui laisser au moins ça, le pauvre.

— Quand tu es partie, ce que j'ai pensé, c'est que j'étais bien content que notre entretien ne se termine pas comme d'habitude.

— C'est-à-dire ?

— Par ta volonté, exprimée ou non, d'arrêter la thérapie. Mais il semble que c'était là tout de même, dans ton rêve…

— Vous étiez… bien content ? De pas perdre une cliente ? Vous avez des grosses dépenses qui s'en viennent ?

— Les gens s'intéressent à toi seulement pour ce que tu peux leur rapporter financièrement, c'est ça ?

Paf. Il a raison, merde. Je suis tordue.

— Pourquoi vous étiez content ?

— Parce que je me disais qu'on pourrait se mettre à travailler sérieusement.

— Ah bon. Depuis onze semaines, c'était pas sérieux ?

— Tu tiens le compte du nombre de nos rencontres ?

— Ben… Oui… Pourquoi ? C'est un péché ?

— Non. Je suis surpris, c'est tout.

De quoi j'ai l'air ! Une adolescente qui compte le nombre de fois où elle s'est fait embrasser… Vraiment, c'est pas ma journée. Je lui dirai pas que j'ai fait mes comptes hier, et que c'est pour ça… Qu'il pense ce qu'il voudra. Que je cherche une figure paternelle, que je suis amoureuse de lui, que je veux baiser avec, que que que que. De toute façon, on se rendra pas à douze. C'est absurde, cette thérapie-là. Je perds mon temps, c'est évident. Je suis pas prête pour ce qu'il me demande. Pas prête du tout. Plus tard, peut-être. Au fait, qu'est-ce qu'il me demande ?

— C'est absurde, cette thérapie-là… Je vous fais perdre votre temps.

— Toi ? Tu ne perds pas le tien ?

— En fait, c'est ce que je voulais dire. Faut croire que je suis pas crédible quand j'essaie d'être aimable.

Il sourit. Il me semble que je ne l'ai jamais vu sourire autant. Il rit de moi ou quoi ?

— Vous me trouvez drôle ou quoi ?

– J'aurais quelle autre raison de sourire ?

– Si vous étiez en train de rire de moi, je suppose que vous me le diriez pas…

– Es-tu toujours aussi sceptique quand les gens rient de tes blagues ?

– Oui. Parce que je suis tellement prétentieuse que je pense qu'ils les comprennent pas et ricanent parce qu'ils me croient folle.

– C'est important ce que les gens pensent de toi…

– Il est quelle heure, là ?

Merveilles

C'est pas très bon, mais c'est ce que je pouvais faire de mieux avec le peu d'esprit qui me reste.

– As-tu envie de m'en parler ?

– Pourquoi ? Vous aimez mieux avoir un scoop sur ma prochaine pub que de m'entendre radoter sur mes raisons d'arrêter de venir ici ?

– J'ai envie d'entendre ce que tu as envie de me dire…

Bon. Est-ce que je suis vraiment intéressée à lui parler de cette conne de pub ? Le pire, c'est qu'au bureau ils ont tous crié au génie. Ou ils sont plus stupides que je pensais, ou ils font semblant d'aimer ça parce qu'ils pensent que, sinon, je vais craquer mais ils ont encore besoin de moi… ou bien, troisième hypothèse, ma pub est vraiment bonne, et c'est moi la conne.

– J'ai pas vraiment envie de vous en parler, mais j'aime mieux ça que de continuer comme la semaine dernière…

– La semaine dernière… Qu'est-ce qui s'est passé ?

C'est ça. Fais l'innocent.

– Vous vous en souvenez pas ? Pourquoi vous prenez pas de notes ? Votre petit calepin, c'est une décoration ou quoi ?

– Ça t'intéresse que je te parle de mon petit calepin ?

– Je vous signale qu'on s'écarterait un peu trop du sujet…

– Je pense qu'au contraire on serait en plein dans le sujet.

De quoi il parle ? C'est absurde. Il veut me parler de son calepin. Il a l'air d'y tenir. C'est un escroc, c'est sûr. Un charlatan. Ses diplômes sur le mur sont faux. Qui me l'a recommandé, déjà ? Non mais, je le paie pas quatre-vingt-cinq piastres de l'heure pour l'entendre me parler de son calepin, merde !

– OK. Allez-y, ça m'intéresse au plus haut point…

Il ne peut pas ne pas avoir saisi l'ironie du ton. Pourtant…

– Demande-moi ce que tu veux savoir…

Sérieux comme un pape. Ou fou comme d'la marde.

Quoique… C'est quand même vrai que je me pose des questions depuis un bout de temps à propos de son maudit calepin… C'est l'occasion rêvée. En même temps, je pourrais le questionner à propos de sa boîte de kleenex, tant qu'à être dans l'accessoire…

– D'accord. Votre calepin… à quoi y sert ?

– Actuellement, à rien.

Pourquoi ? Je l'inspire pas ?

– Pourquoi ? Vous pourriez prendre des notes, écrire vos réflexions, faire des petits dessins, n'importe quoi ! Dans les films, les psys sont toujours en train de gribouiller dans leur calepin…

– Oui, mais le calepin, il n'est pas à moi, il est à toi. Il est à ta disposition au cas où tu voudrais que j'y note quelque chose en cours d'entretien…

Ah bon. Enchantée.

– … Pour ce qui est de mes réflexions, quand j'en ai, je les écris ailleurs, à un autre moment.

Tiens tiens.

– … Mais quand je suis avec toi, je ne réfléchis pas…

Merci. C'est trop gentil.

– … J'écoute et j'essaie de rester disponible…

Ah. Il essaie.

– … J'avoue être surpris que tu n'aies pas abordé le sujet plus tôt… J'étais certain que tu avais remarqué que le calepin était complètement vierge.

Certain. Ah bon. Est-ce qu'il est certain de la couleur de mes petites culottes aussi ? M'énerve.

– Ça vous est jamais venu à l'esprit de m'en parler directement ? C'est une nouvelle méthode de thérapie, ça, la devinette ?

– Disons que c'est la première fois que je fais ça… C'est à ta première visite, quand j'ai remarqué que tu avais un sens aigu de l'observation, que j'ai eu l'idée du calepin.

– Ah bon… Et c'était quoi l'idée en arrière de l'idée ?

– Te faire sentir de façon concrète que tu es ici chez toi… Te faire savoir que je suis à TON service. Mais je t'avoue que je ne suis plus sûr, maintenant, que c'était une bonne idée…

– Pourquoi ?

– D'abord, parce que je n'avais pas prévu que tu prendrais autant de temps pour m'en parler… Ensuite, parce que je me rends compte que ma devinette, comme tu dis, ressemble un peu à une manipulation, et je le regrette.

Il a l'air sincèrement navré.

– Non non… Je… je suis pas si susceptible. C'est sûr que ça fait un bout de temps qu'il me tracasse, le calepin, mais… je trouvais que c'était pas très… enfin… je veux dire…

Voyons. Crache.

– Tu veux dire ?…

– Je me trouvais niaiseuse de me tracasser pour ce genre de stupidités. Il me semble que, dans une thérapie, on aborde des sujets plus… intelligents, mettons.

– C'est important, pour toi, d'être intelligente ?

– Recommencez pas. On parle du calepin là, pas de mon quotient ! Donc, le calepin est à moi. Si, par le plus grand des hasards, j'ai l'impression de dire ici quelque chose d'intéressant et que je veux pas oublier, je peux vous demander de le noter, et vous allez le faire, c'est ça ?

– C'est ça. Ou, si tu veux, je peux ne jamais m'en servir. La semaine dernière, je t'ai dit que je ne savais pas pourquoi tu me payais. C'est vrai. C'est vrai aussi que tu es la seule à le savoir. Si tu me paies pour prendre des notes ou gribouiller des petits dessins, c'est parfait. Si tu me paies pour venir faire une petite sieste tranquille, c'est parfait aussi… C'est toi qui décides, pas moi.

Paf. V'là la sieste qui rebondit. Je le savais que je n'en avais pas fini…

– Vous en manquez pas une, hein ?

À pic. Qu'est-ce qui me prend ?

– Qu'est-ce que tu veux dire ?

– Je veux dire que je commence à en avoir plein mon casque d'entendre parler de cette sieste-là. Je viens pas ici pour que vous passiez votre temps à me remettre sur le nez tout ce que je fais puis tout ce que

je dis. Y a assez de tous les autres. Lâchez-moi, merde.
MERDE !

La crise. Le torrent. Ça me sort de partout. Pour
une fois que j'avais pris la peine de me maquiller… Je
dois avoir l'air d'un raton laveur. Tant pis pour mon
petit air détaché et indépendant, je saute à pieds
joints dans la boîte de kleenex. Tiens. Au fait…

— C'est ben beau, le calepin, mais les kleenex, eux
autres ?

— Je comprends pas le sens de ta question…

— Y a jamais un maudit mouchoir qui sort de cette
boîte-là. Ça fait douze semaines qu'elle est exactement au même niveau. Y avait même un petit bout de
feuille séchée qui était là depuis au moins un mois, ça
doit venir de la plante au-dessus. Alors ? C'est comme
le calepin ? Vous la sortez en même temps ? C'est
compris dans le quatre-vingt-cinq piastres ?

Tiens, mon snoreau. Étais-tu « certain » de ça
aussi ?

— Tu en as vu beaucoup, des films mettant en
scène des thérapies ?

Bizarre, lui, aujourd'hui. Il doit s'être chicané avec
sa femme ou sa je ne sais quoi…

— Je vois pas le rapport.

— Je me trompe peut-être, mais j'ai l'impression
que tu as beaucoup d'idées préconçues. Est-ce que tu
crois que tous les gens en thérapie passent leur temps
à pleurer, à se vider le cœur ou à me faire des
déclarations d'amour ?

Oh oh.

— … La boîte de kleenex, elle reste toujours là. Si
le niveau n'a pas changé, c'est que personne ne s'en
est servi. Toi, ça faisait longtemps que t'avais envie de
pleurer ?

Ça y est, ça repart. C'est plus un torrent, c'est un déluge. Je sanglote, je gémis, je râle. Tant pis. Il pensera ce qu'il voudra. Ça fait deux ans que j'ai pas pleuré… J'ai fait mon effort.

— Oui. Très longtemps.

— Tu te retenais ?

— Non. Oui. Je sais pas. C'est comme le poing sur la table : j'sais plus comment, j'sais plus pourquoi.

— Puis, en ce moment, tu le sais, pourquoi ?

— Non, mais ça fait du bien. C'est comme une vengeance.

Qu'est-ce que je raconte. Il va penser que je pleure pour le punir. Pire : il va penser que je pense que ça lui fait quelque chose que je pleure. Il ne dit rien. Il me regarde.

— Pourquoi vous dites rien ?

— Ça me fait quelque chose de te voir pleurer. Quoique je ne sois pas surpris…

S'il me dit encore qu'il était certain, je l'étrangle. Je le noie dans mes larmes, tiens, elles serviront au moins à ça…

— Pourquoi ?

— À cause de la semaine passée. Tu ne veux toujours pas en parler ?

— De ça ou d'autre chose, de toute façon, qu'est-ce que ça change ?

Fais un effort.

— … D'accord. À votre avis, qu'est-ce qui s'est passé, la semaine dernière ?

— Tu as pris conscience que la thérapie avait de l'importance pour toi.

Ah.

— … Tu as admis que, depuis que tu viens ici, il y a un regard qui s'est allumé à l'intérieur de toi. Pour le moment, il a la couleur du mien, et j'ai cru comprendre que ça ne te faisait pas tellement plaisir...

— Vous êtes pas mal perspicace...

— Pourquoi ça te dérange autant ?

Piège à un pied devant. Qu'est-ce qu'il a dit tantôt ? « Est-ce que tu crois que les gens en thérapie passent leur temps à pleurer, à se vider le cœur OU À ME FAIRE DES DÉCLARATIONS D'AMOUR ? »

— Ça me dérange pas tant que ça. Y paraît que c'est normal...

— Oui... Comme les gribouillages de calepin dans les films...

— C'est une craque, ça ?

— Si t'essayais d'oublier les films que tu as vus et ce que tout le monde raconte à propos des thérapies ?

— Qu'est-ce que vous voulez dire ?

— Si tu me dis que tu penses à moi, que tu me parles dans ta tête, que mon opinion, mes réactions, mon jugement ont de l'importance pour toi, je ne penserai pas que tu es amoureuse de moi.

Ça y est. Les deux pieds dedans. Qu'est-ce que tu veux rajouter à ça ? Je peux quand même pas lui dire merci...

— Je... C'est pas ça que... En tout cas, c'est correct... Je... je comprends ce que vous dites...

De quoi j'ai l'air. On pourrait pas changer de sujet ?

— ... Ma pub, ça vous intéresse toujours ?

— Oui.

— Je vous avertis, c'est pas fort fort...

— ...

— C'est bâti comme un thriller. C'est la nuit. On est dans un grand loft meublé très *design*. Y a une drôle d'ambiance, comme si c'était un rêve. En fait, c'est un rêve, mais c'est pas trop évident au début… Surtout qu'à la fin on se rend compte que c'était pas vraiment un rêve… En tout cas, on se le demande… Bref. L'atmosphère est spéciale. La lumière est bleue. Vous me suivez ?…

— Très bien.

— Bon. Là, on voit une femme dans la trentaine couchée dans un grand lit. Elle dort. Ensuite, on a un plan de la poignée de la porte d'entrée qui tourne lentement… Vous savez, comme dans les films de peur… Un homme masqué entre et se dirige tout droit vers une table à dessin. Dans le faisceau de sa lampe de poche, on distingue la maquette d'une robe, style haute couture. Puis, une série de plans très rapides où on voit l'homme copier la maquette. Mais tout à coup, il fait un faux mouvement et renverse une bouteille d'encre rouge sur un tapis blanc. La femme s'agite dans son sommeil. L'homme panique, puis il semble avoir une idée. Il sort de sa poche une bouteille de détachant et en verse sur le tapis. Miracle, la tache disparaît ! On le voit sourire, puis il s'en va. *Zoom-in* sur la bouteille de détachant qu'il a laissée sur la table.

Là, l'image change de style, on est le matin. La femme se redresse brusquement dans son lit. On l'entend se dire, en voix *off* : « Quel cauchemar ! » On voit qu'elle est inquiète. Elle se lève, va rapidement vers sa table. Elle regarde sa maquette, puis le tapis immaculé. Elle a un sourire lumineux, se détourne et s'en va d'un pas sensuel. Là, la caméra met le *focus* sur la bouteille de détachant. En voix *off*, quelqu'un dit sur un ton rassurant : « Le nouveau détachant *Merveilles*… Pour dormir sur vos deux oreilles. »

On pense que c'est fini, mais il y a un dernier plan… La femme se retourne vivement. *Zoom-in* sur ses yeux horrifiés : elle vient de prendre conscience de la bouteille de détachant. L'image fige. C'est tout. Brillant, n'est-ce pas ?

– Très intéressant. Ça me parle beaucoup de toi, en tout cas...

Merde. C'est pas vrai !

– Comment ça ?

– On pourra en parler la semaine prochaine, si tu veux...

Ensemble

Aussitôt assise, j'attaque.
– En quoi est-ce que ma pub vous a « parlé de moi » ?

– C'est la première fois que tu commences un entretien de toi-même…

– J'ai pensé rien qu'à ça toute la semaine…

– …

– Allez-vous me répondre ou bien est-ce qu'y va falloir que je fasse la job toute seule, comme d'habitude ?

– J'ai eu l'impression, à la dernière rencontre – et ton attitude d'aujourd'hui me le confirme – que ça te dérange que j'aie trouvé que ta pub te ressemblait…

– Oui, ça me dérange ! C'est probablement le scénario le plus tordu que j'ai jamais pondu. En fait, je l'ai écrit comme si j'étais quelqu'un d'autre. Tiens… Comme si j'étais le smatt à Laveau ! Ou la poupoune à Giguère ! Bref, je me suis placée le plus loin possible de mes bottes ! Ça fait que… Ou bien vous avez dit ça pour m'encourager – et je vous pardonne, ça partait d'un bon sentiment – ou bien je suis vraiment, vraiment, vraiment à côté de mes bottes, puis…

Merde. Qu'est-ce que je raconte encore ? Je vais pas passer l'heure là-dessus !

– Puis ?

– Puis… Rien. Je comprends pas… À part de ça, pour être franche, ça m'intéresse plus tellement.

– Pourquoi ?

– Parce que j'ai passé la semaine à formuler des hypothèses, et j'en ai marre. Vous savez, ces temps-ci, mon pouvoir de concentration est assez limité…

Silence. Il me regarde. Moi pas. Je perçois son regard avec mon front, avec ma barrette !

– Et… l'hypothèse la plus… populaire, disons, c'était laquelle ?

Attention !

– Vous voulez dire celle qui se rapprochait le plus de ce que je pensais que vous pensiez ?

– Oui…

Bon. Qu'est-ce que je risque ?

– La tache rouge… Ma blessure intime, mon bobo, quoi ! Mes menstruations, pourquoi pas ? Puis le détachant qui efface tout sans effort… Ni vu ni connu. Et aussi…

Non. Ça, c'est… Non.

– Et aussi ?

– Désolée, c'est personnel.

Ah. Ah. Elle est bonne, celle-là ! Le reste, c'est du domaine public, peut-être ?

– Le reste, c'est pas personnel ?

– Je me comprends !

Manière de parler… Allez ! Un peu de générosité ! Ce pauvre homme, il a le droit d'en avoir pour son quatre-vingt-cinq piastres quand même !

– Bon, d'accord… J'ai pensé que vous penseriez que ça me ressemblait de fantasmer qu'un homme entre dans ma chambre, en cachette, la nuit.

– Est-ce que toi, tu trouves que ça te ressemble ?

– Ben… faut croire, puisque j'y ai pensé…

– Pourquoi ?

Désolée. Si on embarque là-dedans, c'est temps double…

– Pourquoi vous me dites pas ce que vous avez pensé ? J'ai passé la semaine à jouer aux devinettes… Je suis tannée.

– C'est si important, ce que je pense ?

– Ben ! C'est vous, l'expert, après tout…

Il rigole. Il trouve ça con, ou bien ça lui fait plaisir ?

– En fait, j'étais très loin de tes interprétations. C'est très intéressant d'ailleurs…

Ben tiens !

– … Ce qui m'a frappé, c'est l'atmosphère dans laquelle tu as situé ton histoire… La nuit, l'ombre, le rêve qui n'en est pas vraiment un, l'ambiguïté… Ça, ça me parle beaucoup de toi.

Ah bon. Cause toujours, tu m'intéresses…

– Puis aussi ton slogan : « Merveilles… Pour dormir sur vos deux oreilles. » As-tu encore des problèmes d'insomnie ?

Comment y sait ça, lui ?

– Comment vous savez ça, vous ?

– C'est ce que tu as inscrit sur la fiche, comme raison de consulter, la première fois que tu es venue me voir.

Ah.

– Je… je m'en souvenais plus. Oui, j'ai encore de la misère à dormir, le matin surtout. Faut que je me lève, je peux plus rester couchée. Vers cinq heures, j'ai toujours quelque chose de très important à faire, à penser, à écrire. Je m'assois dans mon lit, les jambes repliées, comme ça…

Je lui montre comment, en petit paquet sur le fauteuil. Il me regarde avec des yeux ronds. Je devrais pas mettre mes pieds sur le fauteuil ou quoi ? Je défais la pose, me rassois…

– Je reste assise comme ça longtemps… Des fois, je me rendors. La semaine passée, je suis tombée en bas du lit. Ça vous dérange que je mette les pieds sur le fauteuil ?

– Pardon ?

– C'est parce que… vous aviez un drôle d'air, juste là…

– J'étais surpris… C'est la première fois que je te vois faire un geste aussi spontané…

Qu'est-ce qui lui prend avec ses « premières fois », lui, aujourd'hui ?

– Pourquoi vous comptez les premières fois, aujourd'hui ? J'ai l'impression de faire partie d'un jeune couple, tout à coup.

Un rire bref.

– D'une certaine façon, c'est vrai.

Ayoye.

– Je vous suis pas, là…

– T'as pas l'impression qu'on est « ensemble », toi et moi, aujourd'hui ?

Merde. De quoi il parle ? J'ai lu un article là-dessus. Les psys qui font le transfert à l'envers. Ça, c'est moi ! Y fallait que je tombe sur le deux pour cent ! Comme si j'avais pas assez de problèmes comme ça ! Il va pas me faire des avances, quand même ? Pour une fois que je me foutais de ce qu'il pense ! Pour une fois que j'avais décidé de pas arriver ici à reculons, ou en chien battu, la langue pendante, en quémandant un petit bout de réponse à mes sempiternelles questions !

– … Qu'est-ce qui se passe, là ?

– Qu'est-ce que vous entendez par «ensemble»?

– Qu'est-ce que t'entends, toi, qui te dérange à ce point-là?

Ça paraît tant que ça? Il va pas me refaire le coup du miroir, quand même! Stratégie. Défense active.

– Pourquoi c'est toujours moi qui suis obligée de donner les explications quand vous dites des conneries?

Paf! Un peu raide, d'accord. Plus proche de l'assaut que de la défense, mais bon, compte tenu de l'urgence…

Silence. Je ne le regarde pas. Le moindre coup d'œil pourrait l'encourager. Va donc savoir ce qui se trame dans ce cerveau et ce cœur louches…

Le silence se prolonge. Je risque un œil. Il a les yeux fermés!

– Je vous dérange pas, toujours?

Il me regarde. Ne dit rien. Un imperceptible soupir s'évade de ses lèvres.

– Tu vois, c'est comme dans ta pub… L'ambiguïté, la dualité, le mélange de douceur et de dureté, d'ouverture et de recul…

Il a parlé d'un ton songeur, absent, presque comme s'il se parlait à lui-même.

– Puis, le rapport, là, c'est quoi?

Implacable. Il ne m'aura pas avec ses airs de diva blessée…

– Pour la première fois, on parlait, toi et moi, de la même chose. De plus, d'un sujet que tu avais toi-même abordé. D'une pub que tu as créée, de ses résonances conscientes et inconscientes. On parlait de toi, en fait. Ensemble. Enfin, je le croyais, mais…

Merde. Je suis paranoïaque en plus? Je vais finir par croire que j'ai de vraies raisons de venir ici…

– Pourriez-vous écrire quelque chose dans votre… mon calepin ?

– Oui ?

Le crayon en l'air, l'œil allumé, l'air attentif de la bonne secrétaire…

– De vraies raisons…

– De vraies raisons ? C'est tout ?

– Oui. Merci.

Il referme le calepin, le dépose sur ses genoux, remet son stylo dans sa pochette de veston. Il me regarde ensuite avec un mélange d'amusement et de découragement. Un peu l'expression qu'on prend devant la dernière frasque d'un enfant terrible. Qu'est-ce que je dirais bien pour lui effacer ce rictus de la figure ?

Je jongle un instant avec diverses possibilités, puis, juré-craché, sans que je l'aie voulu, je dis :

– Pardon.

Une absence remarquée

Au fait… Désolée pour la semaine dernière…
— Qu'est-ce qui s'est passé ?

— Pas le temps… Pas le goût… Le *rush* au bureau…

Aucune réaction.

— Vous me croyez pas ?

— J'aurais des raisons de ne pas te croire ?

— Je sais pas ce qui se passe dans votre tête, moi…

— Moi non plus dans la tienne, si tu ne me dis rien…

— Vous faites même pas des tentatives d'hypothèses ?

— Parfois. Mais je préfère de beaucoup les tiennes, et encore plus quand tu arrives à de vraies réponses.

— Vous devez être frustré… Des vraies réponses, j'en trouve pas souvent.

— Je ne dirais pas ça… Il y a deux semaines, ce que tu m'as demandé d'écrire dans le calepin…

— Qu'est-ce que c'était ?

— « Les vraies raisons ».

— Ah oui… Et c'était une réponse, ça ?

— Je ne sais pas… Mais ça devait être assez clair, pour que tu me demandes de le noter.

En effet, assez clair. Paranoïa. Manque total de confiance. Aveu à peine voilé de la pertinence de mes visites ici. Allez! Dis-le-lui!

– Vous avez pas idée de tout ce qui m'est passé par la tête quand vous m'avez dit que vous aviez l'impression qu'on était ensemble, vous et moi, pour la première fois…

– T'as envie de m'en parler?

– Pantoute! Mais ça m'a fait réaliser que j'étais rendue pas mal loin dans la méfiance. J'ai trouvé que, juste pour ça, ça valait la peine de venir ici…

– Et qu'est-ce qui t'a fait changer d'idée?

Qu'est-ce qu'il a dans le nez encore?

– J'ai pas changé! Qu'est-ce que vous voulez dire?

– T'es pas venue, la semaine dernière…

Je le savais qu'il accrocherait là-dessus! Il veut quoi, là? Un billet d'absence signé par mes parents? On n'est pas à la petite école quand même! Du calme. Il aimerait trop ça que je me fâche. Que je sois «spontanée», comme il dit… Je prends ma voix la plus douce, avec un brin – oh, très léger! – d'agacement…

– Je vous ai dit pourquoi, il me semble… Trop de travail.

– T'as pas toujours trop de travail?

Bang! Au diable, le calme! Ça, ça passe pas!

– Je le savais que vous me croiriez pas! Vous êtes pas honnête! C'est ça que j'haïs chez vous autres! Vous faites semblant d'accueillir ce qu'on vous dit simplement, avec bonne foi, mais dans le fond, votre idée est faite! Vous avez déjà toutes vos petites interprétations bien cordées dans votre tête!

– Et «notre» petite interprétation, en ce moment, c'est?…

Il a prononcé «notre» avec beaucoup d'application, comme pour bien me montrer qu'il a saisi le mode générique sur lequel je me suis adressée à lui…

– Votre interprétation, c'est que je suis pas venue la semaine dernière parce que j'étais gênée de vous avoir demandé pardon, à la fin. Parce que ça signifiait que je vous accordais de l'importance et que je laissais tomber ma façade de je-m'en-foutiste. Essayez donc de dire le contraire !

Qu'est-ce qu'il fait ? Il se lève. Y va pas me planter là, quand même ! Ah. Il va vers son bureau, en sort un calepin d'un beau vert sombre, visiblement en cuir repoussé véritable et le feuillette brièvement. Puis il revient s'asseoir et, après m'avoir lancé un coup d'œil interrogateur, voire légèrement inquiet, il lit :

– «La cliente semble incapable de croire qu'on s'intéresse à elle pour des raisons autres que sexuelles ou monétaires…»

Paf. Je peux bien chercher des gros mots, imaginer toutes les insultes que mon esprit, très fertile à cet égard, est capable de fomenter, je peux bien décider de l'envoyer chier, le traiter d'enculeur de mouches mentales ou de brouteur de nombril… Je dois avouer qu'il vient de viser juste, très juste, même que ça saigne transparent, un peu, dans le coin de mon œil gauche…

Il ne semble pas s'en apercevoir, ou peut-être ne fait-il qu'agir discrètement, mais le fait est qu'il enchaîne, sur le ton égal du comptable qui conclut l'énoncé de votre bilan financier :

– Comme tu vois, c'est très loin de ta propre hypothèse…

J'émets un faible borborygme voulant signifier que oui, peut-être, pas vraiment, mais quand même peut-être un peu… J'aimerais bien essuyer la perle salée qui commence à me picoter le bord de la joue, mais j'ai peur qu'il voie cette larme dénonciatrice et saute là-dessus comme la misère sur le pauvre monde…

Au moment même où j'opte pour un éternuement opportun, il me lance :

– … Tu peux… é… eux…

Merde ! J'ai rien compris ! J'essuie en vitesse la larme incriminante et, d'un air aussi détaché que possible, je demande :

– Pardon ? J'ai pas compris…

– J'ai dit que tu pouvais pleurer si tu voulais…

Ah bon. Merci beaucoup. Plus envie. Et d'ailleurs, pourquoi ?

– Qu'est-ce qui vous fait croire que j'ai envie de pleurer ?

– T'as eu l'air touchée par ce que je t'ai lu.

– Ben ! Un peu… Vous pensez vraiment ça ?

– J'ai écrit : « semble ». Je n'ai pas de certitude…

– Vous avez raison, je pense que les gens veulent me baiser ou m'exploiter. En fait, j'ai toujours l'impression de me faire fourrer. C'est pas agréable, je vous le jure !

Sur ce, je baisse la tête et pleurniche honteusement. Ça dégoutte sur ma blouse en soie neuve. Au fait, veux-tu bien me dire pourquoi j'ai mis ça aujourd'hui ? J'ai même pas de réunion, pas de rendez-vous, rien… Sauf celui-ci. J'étrenne un vêtement neuf pour mon psy. C'est la meilleure, celle-là ! Faut que je sois rendue bien basse !

Voyons ! Un peu de concentration ! Tu pleures, là… Essaie tout de même de t'intéresser un peu à la situation… Que tu sois venue ici en blouse de soie neuve ou en vieux pyjama a pas d'importance…

Tout à coup, j'entends sa voix, douce, presque faible :

– C'est nouveau, ça ?

Merde. Dis-moi pas !

– Quoi, « ça » ?

– Ton sentiment de te faire « fourrer », comme tu dis…

Ah bon. Pas de panique.

– Euh… Pas vraiment. En fait, je pourrais dire que c'est latent depuis un bon bout de temps. Ce qui est nouveau, c'est que je le prends plus. Ça me donne des crampes, ça m'empêche de dormir, ça me fait tomber en bas de mon lit.

– Et ici ? T'as l'impression de te faire avoir aussi ?

Oh oh. Bonne question !

– Bonne question…

Est-ce que je devrais répondre à ça ? Je suis pas sûre que la réponse lui plaise tellement… D'un autre côté, je suis pas ici pour lui plaire… Enfin, je pense pas… Quoique… Est-ce que je ne veux pas toujours plaire ? À n'importe qui ? À n'importe quel prix ? Est-ce que c'est pas ça, mon problème ?

– … Mon problème, c'est que mes impressions, je suis pas capable de les exprimer… J'veux dire, de les exprimer directement. Je fais sentir. J'insinue. Je bitche, comme on dit.

– Comme quand tu me dis que je dis des conneries, au lieu de m'avouer que t'es mal à l'aise parce que tu crois que je te fais des avances ?

– Je me suis excusée !

– Oui. Mais as-tu encore l'impression que je veux abuser de toi ?

– Non. Oui. Enfin… Disons que ça peut me revenir très facilement. Tenez, tantôt, j'ai pensé que vous parliez de ma blouse neuve et que vous alliez me complimenter. Je me demandais justement pourquoi je l'avais mise aujourd'hui, pour venir vous voir… Je me disais que c'était absurde d'étrenner un vêtement pour aller chez son psy… Puis là, ben, vous avez dit : « C'est nouveau, ça ? » Alors, j'ai pensé… C'est ça.

Ferme-la. Il ne t'en demandait pas tant. Le fait est qu'il me dévisage d'un air incrédule.

– Tu as pensé tout ça pendant que tu pleurais ?

– Vous avez pas idée de tout ce que je peux faire en pleurant…

– Est-ce que ça t'empêche d'avoir mal ?

– Oui, mais c'est un mauvais calcul. Le mal finit toujours par me rattraper. Au fait, la semaine dernière, une des raisons de mon absence, c'est que j'ai eu une tendinite… J'ai le bras droit très fragile.

– Ah bon. Mais ça va mieux ?

– C'est encore sensible. Je peux pas travailler à l'ordinateur plus de quinze minutes d'affilée… Ben pratique !

– C'est ta peine qui t'a donné une tendinite ?

Hein ? De quoi il parle ?

– Euh… Je sais pas. Pourquoi vous dites ça ?

– Tu semblais faire un lien entre « le mal qui te rattrape » et ta tendinite.

– Non, j'ai… C'est venu comme ça… Les tendinites, j'en fais assez souvent. Vous pensez qu'il y a un rapport entre une tendinite et avoir de la peine ?

– Peut-être… As-tu de la peine ?

Si j'ai de la peine… Quelle drôle de question !

– J'ai l'impression d'avoir quatre ans quand vous me demandez ça.

– Y a juste à quatre ans qu'on a le droit d'avoir de la peine ?

– Non, mais ça fait drôle… On dirait que c'est enfantin comme expression : avoir de la peine…

– T'avais de la peine, quand t'avais quatre ans ?

– Oui… Comme tous les enfants, je pense…

– Ah bon ?

Son petit air sceptique…

– Quoi ? C'est pas vrai ?

– Tu connais bien les enfants de quatre ans ?

– Ben ! Pas plus que… C'est quoi, là ? Vous allez pas commencer à m'asticoter pour une niaiserie de même !

M'énerve. De quoi on parlait, déjà ?

– … Vous m'avez fait perdre mon idée, avec vos insinuations.

– Je voulais seulement te faire remarquer que ce qui te semble évident, avoir de la peine à quatre ans, ne m'apparaît pas, à moi, aussi évident… Qu'est-ce que tu te rappelles de tes quatre ans ?

– Pas grand-chose… En fait, rien. J'ai pas de souvenirs.

– Sauf celui d'avoir de la peine…

– Vous, là, quand vous avez quelque chose dans la tête…

– …

– Les seuls souvenirs que j'ai, c'est des souvenirs rapportés. Des choses que ma mère m'a dites…

– Comme ?…

– Comme la fois où elle m'avait tapée par erreur, parce qu'elle croyait que c'était moi qui avais dit « maudit ». Mais c'était mon frère. Y paraît que j'avais pleuré pendant une heure ! De rage… En tout cas, c'est l'impression que ma mère avait eue…

– C'était un frère plus âgé ?

– Oui.

– Est-ce qu'il se souvient de l'incident ?

– Il s'en souviendrait peut-être, mais il est mort à treize ans. Un accident. Un accident stupide !

Bon. Le motton. Où est-ce qu'on est rendus, là ?

– Tu veux en parler ?

– Non.

Wô ! Cette mort-là a empoisonné mon enfance… Je veux rien savoir d'elle dans ma thérapie. C'est MA thérapie !

– … Bon ! On peut-tu revenir au sujet ? Vous m'avez demandé si j'avais de la peine. Je sais pas trop quoi vous répondre. Peut-être… Est-ce que je suis obligée ? Allez-vous me renvoyer si je dis que j'ai pas de peine ?

– Pourquoi est-ce que tu es venue en thérapie ?

Je me le demande tous les jours, justement !

– Parce que j'ai des problèmes.

– Des problèmes d'insomnie…

– Oui, au départ… Mais, c'est drôle, on dirait que depuis que je viens ici mes problèmes ont augmenté… En fait, chaque fois que je sors d'ici, j'ai un problème de plus…

– On va terminer bientôt… Mais avant, j'aimerais que tu me dises avec quel nouveau problème tu pars…

Petit comique, va !

– C'est seulement arrivée chez nous que je vais le savoir. Je vous téléphonerai pour vous le dire, si vous voulez…

Tiens ! Moi aussi, je suis capable de faire ma comique !

– Justement, je voulais te dire… Je prends trois semaines de vacances à partir de lundi. Veux-tu voir mon remplaçant pendant ce temps ?

Quoi ? Y prend des vacances ? Qu'est-ce que c'est que ça ? J'en prends-tu, des vacances, moi ?

– Vous auriez pu m'avertir avant !

– Je t'aurais prévenue la semaine dernière, mais…

– C'est ça ! Je suis pas venue, puis maintenant, je paye pour !

Voyons donc ! Du calme ! Mon ton était tellement acide que ça m'a presque brûlé les lèvres.

– Ça te dérange que je parte, que je sois pas disponible pour toi ?

– Vous avez le droit de prendre des vacances comme tout le monde, j'imagine… Non. C'est juste que… Ça me… J'ai l'impression de… Je sais pas. On dirait que ça avance, puis, comme par hasard, vous partez. En tout cas… C'est l'histoire de ma vie.

– Je peux te laisser le numéro de téléphone du thérapeute qui me remplace. En cas de besoin, tu pourras le contacter.

– J'en aurai pas besoin… Je suis une grande fille.

– T'as pas besoin de moi non plus, c'est ça ?

Il est pas mal vite, faut lui donner ça…

– C'est à peu près ça… Disons que mes visites ici, c'est à mi-chemin entre un luxe que je me paie et un risque que je prends.

– Un risque ?

– Oui. Y en a qui jouent au casino… Moi, je paie quatre-vingt-cinq dollars par semaine pour le risque de comprendre une couple de choses à propos de moi.

– Puis le bilan, jusqu'à présent ?

– J'aime mieux venir ici que d'aller au casino. En plus, ici, je suis pas obligée de m'habiller chic.

N'empêche que t'as mis ta blouse de soie neuve…

– On en reparlera dans trois semaines.

– C'est ça. Bonnes vacances !

La routine. Puis, aussitôt assise dans mon auto, la dure réalité me frappe. Ça me fait quelque chose qu'il parte. Il me laisse tomber. Il n'a pas le droit de faire ça. Quand on s'occupe de l'âme de quelqu'un, on prend pas de vacances, merde ! Qu'est-ce que je vais faire, moi ? Comment je vais m'arranger pour pas tuer tout le monde autour de moi, si je peux pas venir me défouler avec lui une fois par semaine ?

Non seulement la réalité me frappe-t-elle, mais elle m'inonde ! Je pleure comme une Madeleine, appuyée sur mon volant. Toute seule ! Je vais être toute seule avec ma gueule pendant trois semaines ! L'enfer.

L'homme d'entretien

J'ai perdu le fil… Pas juste avec ici, avec tout. Je suis « pas rapport »…

 — C'est difficile ?

 — Ben ! Qu'est-ce que vous en pensez ?

Il est bizarre… Tout bronzé. Il est allé jouer au golf ?

 — Vous êtes allé jouer au golf ?

 — Pardon ?

 — Pendant vos vacances…

 — Ah… Non, j'ai fait de la voile.

Incroyable. Je l'imagine pas sur un voilier. Je l'imagine pas en dehors d'ici, en fait. Bon. Qu'est-ce qu'on fait maintenant ?

Silence. Il me regarde regarder les divers objets qui meublent la pièce. Son grand bureau, la reproduction d'un Marc-Aurèle Fortin sur le mur opposé, la bibliothèque dans l'angle, la fenêtre en face de moi, avec les stores gris métallique, la petite table près de mon fauteuil avec la boîte de kleenex, la plante au-dessus… qui a manqué d'eau, c'est évident : les feuilles sont fanées, légèrement enroulées sur elles-mêmes. Il va sans doute pouvoir la réchapper, elle n'a pas commencé à jaunir, mais quand même ! Il aurait pu s'organiser, engager quelqu'un pour y voir… On peut prendre des vacances, mais les plantes, elles, ont toujours besoin d'eau, de soins, d'attention…

— Elle a souffert un peu… L'homme d'entretien l'a oubliée.

Bon. Il lit dans les pensées maintenant ? De quoi j'ai l'air, moi, à inspecter son bureau comme une belle-mère la cuisine de sa bru : y a de la poussière ici, une pellicule de gras sur la hotte !…

— C'est pas grave… Elle va survivre…

Comme moi, au fond : un peu rabougrie, un peu assoiffée, mais… Tiens, c'est drôle, ça.

— C'est un peu comme pour moi… Mon homme d'entretien était pas là, puis je me suis ratatinée un peu…

Il rigole doucement.

— Ton «homme d'entretien» ? Tu me vois comme ça ?

— C'était une farce…

— Oui, je vois… Mais c'est intéressant… As-tu aussi l'impression d'avoir été oubliée ?

— Je vous ai dit que c'était une farce !

Non mais ! S'il pense qu'on va passer l'heure là-dessus ! Bien assez qu'il m'ait crissée là à même pas une semaine d'avis, s'il faut, en plus, que je lui fasse un récit détaillé de ce que j'ai ressenti ! Ça lui ferait trop plaisir que je lui dise que je me suis sentie abandonnée…

— Si vous voulez le savoir, ça m'a fait beaucoup de bien de prendre des vacances de vous. D'être déprimée, sans avoir à expliquer pourquoi ni comment. J'ai même pas rêvé pendant ce temps-là. La sainte paix !

— Mais tu t'es ratatinée…

Merde. On n'en sortira pas autrement…

– Écoutez… D'accord, je suis un peu… fanée. Je me suis sentie un peu oubliée, abandonnée, même ! Ça vous va ? Vous êtes content ? Votre ego est satisfait ? Maintenant, est-ce qu'on peut parler d'autre chose ?

– Certainement. Du fil, par exemple…

Pour moi, il a trop pris de soleil…

– Quel fil ?

– Le fil que tu dis avoir perdu…

Ah.

– Y a pas grand-chose à dire. J'ai l'impression d'être déconnectée. Je sais plus vraiment pourquoi je viens ici, ni pourquoi je vais au bureau, ni même pourquoi je me donne la peine de me lever le matin. Je suis pas vraiment mal. Je suis juste… pas tout à fait là. Ça m'a surprise d'ailleurs… J'aurais pensé que je capot…

Stop. Qu'est-ce que tu fous ? Tu vas pas lui dire ça ? Y a des limites, quand même, aux réjouissances des retrouvailles…

– Oui ? Tu aurais pensé que ?…

Un sourire invitant, incitatif, un brin ironique. Je n'avais jamais remarqué à quel point son sourire pouvait être charmant. Le bronzage lui va bien.

Qu'est-ce que je fais ? Je lui avoue tout ? Mes larmes, mon angoisse, ma panique à la fin de notre dernière rencontre ? Mais pourquoi ? Inutile, puisque tout s'est passé exactement à l'opposé de ce que j'avais prévu et craint…

– Rien… Je… J'ai pas réagi comme euh… comme j'aurais pensé. Je me reconnais plus !

– Ah bon ? Dans quel sens ?

– Dans le sens que c'est jamais ce qui me fait le plus peur qui arrive. Avant, j'étais pas mal bonne pour me deviner. Puis là, ben, je me trompe tout le temps…

— Tu te fais des surprises…

— Ouais, genre…

— Ça ne te plaît pas ?

— J'aime pas tellement les surprises, en général.

— Pourquoi ?

— J'aime savoir ce qui va arriver, même si c'est des affaires plates…

— Qu'est-ce que t'avais prévu comme « affaires plates » pendant mes vacances ?

Fidèle à lui-même. Aussi obstiné qu'un beagle sur les traces d'un lapin.

— Commettre des meurtres en série, sombrer dans une profonde dépression et, finalement, me suicider.

Un bref silence, comme une respiration. Un coup d'œil rieur. Puis :

— Et au lieu de ça ?

— Au lieu de ça, rien. La petite vie plate. L'agence, les *brainstormings* pour les pubs… L'impression de jouer sans interruption le rôle d'une autre, une inconnue… En fait, c'est un peu comme si j'avais, moi aussi, pris des vacances, mais dans la peau d'une autre. Tandis que vous…

Voyons donc ! Tu vas pas lui dire ça !

— Oui ? Moi ?

— Vous, vous revenez AVEC la peau d'un autre…

Un petit sourire.

— Oui… J'ai pris un peu trop de soleil.

— Ça vous rajeunit.

— Ah oui ? Vraiment ?

— Je veux pas dire que vous… Que je trouvais que… Ça… Je veux dire…

Accouche ! Pourquoi t'es pas capable de dire les choses simplement, merde !

– Pourquoi t'essaies pas de le dire simplement ?

Bon. Il recommence. C'est de la voile qu'il a fait, ou un stage en clairvoyance ?

– Pas capable. « Simplement », c'est pas dans les limites de mes capacités.

– Tu trouves que le bronzage me va bien ?

– Euh… Oui.

– Je te remercie.

Bon. C'était pas si difficile, après tout. Mais ça change quoi à ma vie, ça ? On fait quoi, maintenant ? On se lance des fleurs jusqu'à ce qu'on devienne allergique ? Pourquoi est-ce que je suis revenue ici ? Il peut rien faire pour moi, c'est pathologique, mon affaire. De toute façon, je lui parle jamais de rien. C'est vrai, dans le fond, nos seuls sujets de conversation, c'est la thérapie. Pourquoi je devrais ou ne devrais pas continuer à venir. Pourquoi je résiste, pourquoi j'ai pas confiance. En moi ou en lui. Lui. En fait, c'est de lui qu'il est tout le temps question, ici, bien plus que de moi. Tiens tiens… Intéressant, ça. Je me demande comment il réagirait si je le lui faisais remarquer…

– J'ai envie de te poser une question… T'es pas obligée de répondre.

– Je suis jamais obligée, j'espère…

– C'est vrai…

Un léger sourire. Il me niaise ? Envoye ! C'est quoi, ta question ?

– Allez-y donc…

– As-tu songé, pendant ces trois semaines, à ne pas reprendre nos rencontres ?

– Pantoute ! En fait, pour être honnête, j'attendais cette rencontre-ci avec impatience. Je pourrais pas vous dire pourquoi, par exemple… J'avais l'impression d'être en sursis. C'est peut-être vous, le fil que j'avais perdu ? Comme si j'attendais votre retour pour redevenir moi-même.

Ouf. C'est la première fois que je suis aussi franche. Pas mal fière de moi. Lui me regarde d'un air grave. Je gage qu'il mesure tout le chemin parcouru depuis notre première rencontre. Je parie qu'il est ému, content, heureux, qu'il va me féliciter ! En fait, j'élucubre totalement, car, après un silence, il lance platement :

— Toi-même… c'est-à-dire ?

Vieux snoreau. Tu sautes pas une coche, hein ?

— Moi-même : poquée, mêlée, dysfonctionnelle, puis en sacrament de me retrouver ici à toutes les semaines à me faire décortiquer le cœur et la tête avec des outils douteux !

Tiens ! Est-ce que ça répond à ta question ?

Il sourit, visiblement amusé par ma flèche.

— T'es pas satisfaite de ton « homme d'entre-tien » ?

— Est-ce qu'on pourrait parler d'autre chose que de vous, pour changer ?

Un coup d'œil surpris. Je suis sûre qu'il n'a aucune idée de ce dont je parle…

— … Non mais, c'est vrai ! Vous pensez pas qu'on pourrait parler de moi, une fois de temps en temps ? Je sais pas… De mes problèmes, de mon enfance, de mes peurs, de mes désirs… Vous voyez ? Comme dans une thérapie normale.

— Tu voudrais qu'on parle MAINTENANT de tout ce dont tu ne voulais pas parler depuis le début… Je comprends bien ?

Qu'est-ce qu'il essaie de faire, là ? Me rendre responsable de l'absurdité de notre situation ? Je le prends pas ! Je suis tellement en colère que je parviens pas à articuler le moindre son. Mais mon visage doit parler, lui, parce qu'il me regarde d'un air inquiet.

— Ça va ?

— Vous là, on peut pas dire que vous !...

Du calme. Du calme.

— Oui ?

Ah puis merde !

— Pourquoi il faut toujours que vous me remettiez sur le nez tout ce que je dis ou fais ? Hein ? Peut-être que j'ai résisté, au début, à l'idée de faire comme tout le monde et de vous raconter mes bébites... Mais maintenant que je suis prête, est-ce qu'y faut vraiment que vous me renotiez mes erreurs ? Pourquoi vous faites ça ? Parce que ça vous choque que je vous dise qu'on parle seulement de vous ? Vous vous sentez attaqué dans votre compétence ? Vous voulez vous venger ? Vous me faites penser à ma mère ! Quand elle me mettait en pénitence dans ma chambre, elle me disait d'en sortir seulement quand je serais de bonne humeur. Puis, quand je finissais par sortir, après un effort surhumain pour avoir l'air gaie, elle m'assommait aussitôt avec une petite phrase du genre : « Bon ! Le soleil est revenu ! Maman te l'avait dit que ça te ferait du bien de réfléchir un peu toute seule... » C'est pas mêlant, j'avais envie de retourner dans ma chambre puis de rester là jusqu'à la fin de ma vie.

— Tu ne le faisais pas ?

— Si je l'avais fait, je serais pas ici. Je serais encore dans ma chambre. Comme mon frère.

Merde. Qu'est-ce qu'il vient faire ici, lui !

Un silence — assez pesant, merci — s'installe. Je demeure saisie devant la convoitise que je vois passer en un éclair dans ses yeux. Pressentant sans doute que ma remarque ouvre une brèche importante dans mon «vécu», il me lance un regard hypnotisé, l'air d'une grenouille tombée par hasard dans une talle de sauterelles… De peur, sans doute, que je n'ajoute rien de plus s'il me presse, il fait ensuite mine d'accueillir ma remarque avec désinvolture, croise une jambe, se gratouille le lobe de l'oreille…

C'est ça! Fais l'innocent! Tu me prends pour une idiote ou quoi?

– Mon frère… Vous savez, celui à cause de qui j'ai reçu une claque pas méritée? Celui qui est mort à treize ans? Celui qui a coupé mon enfance en deux, dans le sens de la douleur…? Ça, c'est du bon *stock* pour un psy, hein?

– Pour toi, c'est du bon *stock*? Ça t'aiderait de retourner là?

– M'aider à quoi?

– Peut-être à sentir que tu fais une thérapie normale, comme tu dis…

– Avouez donc que vous mourez d'envie de savoir ce qui est arrivé à mon frère!

– Ça m'intéresse certainement, mais encore plus de savoir ce qui t'est arrivé à toi…

Outch. Ça brûle dans ma gorge, comme si ses paroles étaient entrées par ma bouche et non par mes oreilles… Pourquoi?

Du calme. Tu vas tout de même pas te mettre à brailler parce que ton psy te dit qu'il s'intéresse à toi… Il est payé pour ça. C'est la solution que tu as trouvée pour que quelqu'un, pour une fois, s'occupe de toi. Y a rien d'émouvant là-dedans. C'est même plutôt sordide, si tu y penses bien. Alors, réagis!

– Est-ce que ça vous est déjà venu à l'idée que vous étiez une sorte de prostitué? Un prostitué de l'âme?

Il a l'air surpris un bref moment, mais reprend aussitôt son expression impassible.

– Je n'y aurais pas pensé moi-même, mais ce n'est pas la première fois qu'on me lance cette épithète… Toujours dans les mêmes circonstances, d'ailleurs…

– Ah oui ? Quelles circonstances ?

– Quand un client a de la difficulté à croire qu'il mérite mon attention.

Ah bon. Si je comprends bien, pour l'originalité, la cliente actuelle peut repasser…

– J'ai de la difficulté, parce que votre attention arrive un peu tard pour moi… Pour être franche, personne s'est jamais intéressé à ce qui a pu m'arriver dans cette histoire-là… Alors, je me suis arrangée d'une autre façon… Je peux pas vraiment dire que c'est une réussite, mon affaire, par exemple… La preuve !

Je tends mes deux mains, paumes en l'air, en un geste sans équivoque. Il sourit légèrement. Puis, il mord.

– T'arranger «d'une autre façon», c'est n'avoir besoin de personne, travailler seize heures par jour, en dormir quatre par nuit et ne jamais laisser les émotions prendre le dessus ?

– C'est assez bien résumé…

– Mais si je comprends bien, ça ne marche pas.

– Ça a marché longtemps. Mais là, j'avoue que j'éprouve de sérieux problèmes techniques.

– C'est pour ça que t'as fait appel à un homme d'entretien…

– Vous avez de la suite dans les idées, vous…

– Je suis payé pour ça.

Très délicat de me le rappeler. Si tu penses que je vais me vider le cœur devant un réparateur Maytag !

– … Mais ce n'est pas parce que je prends ton argent pour faire mon travail que ça ne m'intéresse pas.

Merci. Très aimable. Ça change quoi à ma vie, ça ?

– Pendant la semaine, j'aimerais bien que tu fasses quelque chose… Un petit travail…

Hein ?

– Vous me donnez un devoir ?

Son sourire en coin.

– En quelque sorte… J'aimerais que tu essaies de recenser toutes les choses que tu fais pour toi. Sans juger, sans justifier, sans dénigrer. Seulement les faits. Les traces de ton intérêt pour toi-même. On en reparle la semaine prochaine.

Ah ben.

La commande

Il jette un œil rond sur la feuille vierge que je viens de lui tendre…

— Cherchez pas, y a rien d'écrit…

— Pourquoi me donnes-tu la feuille ?

— Pour que vous sachiez que je l'ai fait pareil, mon devoir. Allez-vous me mettre un zéro ?

Un rire bref.

— Toi ? Combien tu te mettrais ?

— Sur combien ?

— Sur dix, disons…

— Neuf… Parce que j'ai travaillé fort. C'est pas si facile que ça en a l'air de se rendre compte que, dans la vie, dans sa propre vie, y a rien qu'on fait pour soi-même, pour le plaisir, gratis.

— C'est ce que t'as découvert ?

— C'est la conclusion qui s'est imposée, après plusieurs heures de réflexions stériles…

— Peut-être pas si stériles… Tu as quand même trouvé une réponse.

— Essayez pas. Je suis pas d'humeur à jouer avec les mots. Si vous vouliez me déprimer, vous avez réussi !

Vieux snoreau. J'aurais juré qu'il savait que je ne trouverais rien… Je me demande comment il a fait.

Quand même, je ne lui en ai pas dit tant que ça sur moi, depuis que je viens ici… En fait, je lui ai seulement parlé de mon travail. Et de mes problèmes d'insomnie, semble-t-il… Rien sur mes relations, ou plutôt sur mon absence de relations avec les hommes. Rien sur… sur quoi, au fait ? Qu'est-ce que j'avais tant à «cracher», quand j'ai décidé de téléphoner au numéro que Joane m'avait donné et de prendre rendez-vous ? Qu'est-ce qui me pesait tellement sur le cœur pour que je m'éveille la nuit, un éléphant installé sur la poitrine ? J'ai comme un blanc…

— Tu es déprimée ?

— Vous êtes content d'avoir prévu que je trouverais rien ?

— Je n'avais rien prévu…

Mon œil.

— Vous me ferez pas croire que vous pensiez me voir revenir avec une feuille débordante d'activités aussi passionnantes que personnelles !

— Je ne pensais rien.

— Pourquoi vous m'avez donné cette commande-là, d'abord ?

‑ Tu trouves ça difficile de pas réussir ?

De quoi il parle ?

— … De pas remplir la commande ?

— De quoi vous parlez ?

— Tu m'as dit que j'avais réussi à te déprimer. J'essaie de comprendre pourquoi.

— Bonne chance. Moi, j'essaie même plus.

— Je ne dirais pas ça… Qu'est-ce que tu viens faire ici à toutes les semaines ?

Bonne question.

— C'est justement ce que je me demandais… Il me semble qu'au début j'avais une raison… Pas l'insomnie, là. Une autre raison. Une raison cachée, même pour moi-même. En fait, c'était plus un sentiment qu'une raison…

Bon bon bon… «Sentiment»: Ça va l'exciter, ça, je le sens…

– Un sentiment ? Es-tu capable de me le décrire ? Qu'est-ce que je disais ?

N'empêche que c'est vrai… Un sentiment, une intuition, un coup de tête… C'est ça !

– Une urgence. Y fallait que je fasse quelque chose. Ça pressait. Et je pouvais pas le faire toute seule.

– T'avais besoin d'aide…

C'est ça. Besoin d'aide. C'est aussi niaiseux que ça ?

– J'avais besoin d'aide ?

– Bien… Je pense, oui.

– Pourquoi ? Vous le savez, vous, pourquoi ? Vous avez réussi à le découvrir depuis le temps que je viens ici tous les mardis ?

Je peux paraître un peu agressive, comme ça, éructant cette question du ton de celle qui veut prendre au piège, en faute, les culottes à terre… Mais pas du tout. Je veux vraiment savoir. Et honnêtement, je suis persuadée qu'il va me le dire. Impossible qu'il ne le sache pas. J'ai beau être très habile dans l'éradication, il ne peut pas ne pas avoir remarqué quelques repousses névrotiques sur la pelouse fournie de mon bungalow mental…

– Est-ce que ça a tellement d'importance ?

– Qu'est-ce que vous voulez dire ?

– Les raisons pour lesquelles tu as commencé à venir me voir, c'est si important ? Et ce qui se passe à chaque rencontre ? Ce qui se passe maintenant, au moment où je te parle, au moment où je peux voir ta respiration se bloquer puis devenir plus rapide, au moment où je sens ta colère, mais aussi que tu ne me l'exprimeras pas directement, mais plutôt par une esquive spirituelle…

Bon, le coup du miroir, encore !

– … Est-ce que tout ce qui se passe ici depuis que nous avons commencé nos rencontres est important ?

Tu parles d'une question ! Si c'est important… Faut croire, puisque je continue à venir m'enfermer ici chaque semaine, à jouer au casse-tête psycho-coco.

– Euh… Oui… C'est important. Mais je vois pas toujours très bien où ça me mène… Moi, j'ai besoin d'un plan quand je pars en voyage. Là, j'ai l'impression d'être sur un *nowhere*… Pas mon genre.

– C'est quoi, ton genre ?

– Pas partir. Rester là à moisir, à me demander où j'irais si je partais.

– Mais t'as quand même l'impression de «voyager» ?

J'ai entendu les guillemets… Comme s'il avait eu peur d'avoir l'air prétentieux de dire qu'avec lui j'avançais… Pauvre chou.

– Oui. Enfin… un peu.

– Qu'est-ce qui t'empêche de décider où tu veux aller, de te faire un plan, un itinéraire ?

– J'ai pas confiance. Ça marche jamais, mes plans.

C'est vrai, merde ! Jamais ! Suffit que je me mette à vouloir quelque chose pour que ça fouère. Ben bonne pour remplir la commande, mais pas pour la dicter. Tiens. La commande qui revient…

– C'est vrai que j'ai de la difficulté avec l'échec. Quand on me demande quelque chose, j'aime réussir, bien faire, être la meilleure. Mais pour ce qui est de décider par moi-même de faire quelque chose, c'est le fiasco à tout coup. Comme en amour…

Wô. Attention. Trop tard.

– Oui ?

– Rien. En amour, c'est pareil. Quand je fais des plans, ça marche pas. Pour être franche, ça marche pas tellement autrement, non plus.

Bon. Ça suffit. Ferme-là. Tu vas quand même pas te mettre à parler de tes déboires amoureux.

Il me regarde, il attend. C'est la première fois que je parle d'amour. Pourquoi ?

– … Voulez-vous en savoir une bonne ? Je fais pas l'amour. Depuis des années. Exactement huit ans, en fait…

Pourquoi t'as dit ça ? Qu'est-ce qui te prend ?

Il considère avec gravité ce que je viens de dire. Comme je n'ajoute rien, il lance :

– C'est la première fois que tu parles de ta vie sexuelle, ici… Si on excepte la publicité que tu m'as racontée, bien entendu.

– Bien entendu…

J'ai mis de l'ironie et un semblant de complicité dans ma voix, mais, en réalité, je suis soufflée. Ma pub. L'homme masqué qui entre dans la chambre de la femme en pleine nuit… Il se souvient de ça !

– Vous savez… Quand je l'ai imaginée, cette pub-là, je visais rien d'autre qu'une espèce de thriller érotico-policier. C'est quand je vous l'ai racontée que j'ai compris ce qu'elle avait de…

– De ?…

– D'intime. De vrai pour moi.

– Pourtant, tu m'en as voulu quand je t'ai dit que ça me parlait beaucoup de toi.

– Ouais. Mais ça… Je vous en veux toujours un peu…

Sourires de part et d'autre. Qu'est-ce qu'on disait ?

– Mais je n'y avais sans doute pas vu tout ce que tu y avais mis.

J'y avais rien mis ! C'est ben ça, le problème ! C'est toujours après, que ça me frappe… Comment ça se fait que j'avais pas vu ça, cette histoire d'homme qui vient, la nuit, voler quelque chose à la femme ? Je trouvais que c'était un bon flash, c'est tout ! Jamais j'ai pensé que ça allait aussi bien avec ce que je pense, en général, de mes relations avec les hommes…

– … Tu veux me parler de ce qu'elle a de si… intime ?

Euh ? Il est encore là, lui ? Qu'est-ce qu'il veut ?

– Pardon… Je… J'ai pas suivi…

– Où est-ce que tu étais rendue ?

– Je me demandais si toutes les femmes éprouvent le sentiment, quand elles ont une relation avec un homme, d'être « moins » après qu'avant…

– De se faire voler quelque chose, comme dans ta publicité ? C'est ce que tu ressens ?

– Ce que je ressentais… Maintenant, comme je vous l'ai dit, ça ne m'arrive plus.

Ah, mon Dieu ! Je suis tellement fatiguée, tout à coup… Si je m'écoutais, je me mettrais le pouce dans la bouche, je me roulerais en boule dans le fauteuil et je dormirais.

Le pouce dans la bouche ? Qu'est-ce que je raconte ? Ça fait vingt-six ans que je suce plus mon pouce ! Ou vingt-sept ?

– C'est pour ça que tu ne fais plus l'amour ?

Hein ? Quoi ?

– Pardon ?

– Tu pensais à quoi ?

– Je m'endors… Comme quand j'avais huit ans, et que le cours de calcul finissait pas…

– …

– Savez-vous ce que je faisais ? Je disais à la maîtresse que j'avais envie d'aller aux toilettes et j'allais sucer mon pouce, en cachette, pendant cinq minutes. Quand je revenais, je me sentais mieux.

– T'as sucé ton pouce jusqu'à quel âge ?

– Officiellement, j'ai arrêté à six ans, quand j'ai commencé l'école. Mais je l'ai sucé, au besoin, jusqu'à l'âge de seize ans.

Il sourit. Qu'est-ce qu'il y a de drôle ? Les farces, j'aime ça les faire moi-même, chose !

– Pourquoi vous riez ?

– T'as dit « au besoin » comme s'il s'agissait d'une ordonnance de médecin…

– C'est un peu ça… Quand j'en pouvais plus, je me prescrivais une bonne séance de suçage de pouce, et après, j'étais capable d'endurer tout le reste.

– Tout le reste ?

Très intéressé. *Too bad*, mais pas aujourd'hui.

– Désolée, vous me ferez pas embarquer là-dedans…

– Mais sucer ton pouce, ça t'aidait…

– Si on peut dire…

– Ça te donnait du plaisir…

Où est-ce qu'il s'en va comme ça ?

– Ben… Oui.

C'est quoi, l'histoire, là ? J'aime pas ça quand il prend cet air-là…

– Tu faisais ça pour toi… Gratis, comme tu dis…

Ah. C'était ça. Moi, j'appelle plus ça « avoir de la suite dans les idées ». Cet homme-là, c'est un véritable obus à tête chercheuse !

– Ben oui, c'est vrai… C'est plate que j'aie arrêté, j'aurais eu au moins ça à écrire pour mon devoir.

– Pourquoi t'as arrêté ?

Y est bon, lui !

– Pensez-vous que seize ans, c'est trop tôt pour arrêter de sucer son pouce ?

– C'est ce que tu penses, toi, qui est important…

Ben sérieux. Eille, chose ! Allume ! C'était une farce !

Il me regarde. Je devrais répondre à sa question, je suppose ?

– Écoutez… Je sais que j'ai l'habitude de vous cacher des affaires, mais là, honnêtement, je peux pas vous répondre. Je me souviens plus pourquoi j'ai arrêté. J'imagine que j'en n'avais plus besoin. De toute façon, ma vie était très remplie à cette époque-là… J'entrais au cégep, j'étais dans la troupe de théâtre, puis je venais de commencer à faire l'amour…

Oups.

– Ah bon ?

Stop. Ça va un peu trop vite, là.

– C'était bien ?

– Quoi ?

– Faire l'amour…

C'est pas vrai. Veux-tu ben me dire comment on s'est ramassé ici ?

– Écoutez, je suis pas sûre d'avoir envie d'en parler. Je suis pas sûre non plus que ça a tellement rapport…

– Ah non ?

Son petit air de doute moqueur…

De quoi on parlait, déjà ? Comment ça se fait que je suis jamais capable de suivre le sujet ?

— Au bureau, je suis la gardienne de l'ordre du jour. Ils m'appellent « la police », parce que j'arrête pas de les rappeler à l'ordre dès que la discussion bifurque un peu. Ici, je suis toujours perdue…

— Quand il s'agit de toi, c'est plus difficile d'avoir le contrôle ?

— Commencez pas ! C'était quoi le sujet principal ?

— Ça dépend… Ce qui m'apparaît principal ne l'est pas nécessairement pour toi… et inversement.

— Pour vous, en ce moment, ce serait quoi ?

— Tu veux vraiment le savoir ?

— Oui… Même si je serai probablement pas d'accord…

— Probablement…

Un petit sourire jaune… Je me trompe ou bien il a peur ?

— Ayez pas peur, je vais essayer de pas être trop bête…

— Toi, t'as pas peur ?

Au fait, je devrais peut-être…

Allez-y donc !

— Ton absence de vie sexuelle.

Rien que ça. Tiens donc.

— Qu'est-ce qui vous fait dire ça ?

— Le fait que tu ne veuilles pas en parler.

Ah ah. Très drôle. Peut-être qu'on est en train d'inventer une nouvelle technique de thérapie, lui et moi : la thérapie par l'abstention.

— Y a beaucoup de sujets dont je veux pas parler… Sautez pas trop vite aux conclusions…

Tiens, mon gros !

– Est-ce qu'il y a aussi beaucoup de sujets qui te donnent envie de sucer ton pouce ?

Hein ?

– Hein ?

– C'est peu après m'avoir avoué que tu ne faisais plus l'amour que tu as parlé de ton pouce…

– Ah bon…

Cause toujours, tu m'intéresses.

– Tu semblais faire un lien entre ton abstinence sexuelle et ton sentiment d'échec quand tu ne réussis pas à fournir à la demande.

– Non. C'est pas tout à fait vrai… J'ai dit que j'étais pas bonne pour dicter moi-même la commande… comme en amour !

– En amour, on dicte une commande ?

– Commencez pas !

– C'était quoi, faire l'amour, à seize ans ? Dicter ou remplir une commande ?

Attention.

– Je vous ai pas déjà dit que je voulais pas en parler ?

– Tu voulais revenir au sujet principal…

Ah, mon crapaud ! Si tu penses que tu vas m'avoir de même !

– Le sujet principal, d'après votre diagnostic, c'est mon absence de relations sexuelles, pas mes premières expériences !

– Et tu penses que ça n'a pas de rapport ?

– Vous allez pas remonter jusqu'au déluge, quand même !

– Pas si tu veux pas… Pourquoi ça te dérange tant que ça de retourner là ?

– Je trouve ça primaire, si vous voulez le savoir !

Non mais !

— Primaire ?

— Oui ! Simpliste, si vous aimez mieux… Il en a coulé de l'eau sous les ponts depuis mes premières baises ! Des raisons de pas faire l'amour, vous pensez pas que je peux en avoir des un peu plus récentes ?

— Certainement ! Et tu peux m'en parler… Pardonne-moi d'insister, mais c'est toi qui as fait le lien avec tes premières expériences.

— Comment ça ? Quand ça ?

Là là… Commence à me pomper sérieusement, lui !

— Tu as dit avoir arrêté de sucer ton pouce quand tu t'es mise à faire l'amour… Comme tu t'es souvenue du temps où tu suçais ton pouce quand tu m'as parlé de ton abstinence sexuelle, j'ai vu un lien…

Quel lien ? Avec quoi ? Rapport ?

— J'aimerais que vous me disiez où vous voulez en venir…

Il prend son temps. Pas l'air trop sûr de lui. Puis, soudain :

— Maintenant, aujourd'hui, qu'est-ce que tu fais pour t'évader de l'échec de ta vie sexuelle ?

Wô. J'ai jamais dit que ma vie sexuelle était un échec ! J'ai CHOISI de pas en avoir, nuance !

— Je m'enferme, une heure par semaine, avec un vieux monsieur que je baiserais pas, même toute seule avec lui sur une île déserte !

Un léger sourire, à peine perceptible. Puis :

— Avant, tu te faisais du bien, maintenant, tu te punis. Pourquoi tu n'as plus le droit d'avoir du plaisir ?

Ça, c'est vraiment chien ! J'en bafouille.

— Moi ? Vous là !… C'est pas…

— Je suis désolé, mais on va devoir continuer la semaine prochaine…

Désolé, mon œil ! Sadique.

Tu, vous

Et puis, à part ça… Pourquoi vous me tutoyez? C'est pas habituel, ça, les thérapeutes qui tutoient leurs clients. Je me suis renseignée.

Pauvre lui! Je lui ai coupé le sifflet assez raide, merci. Désolée, pas envie d'entendre ce que son petit air sagace annonçait. Un moyen comme un autre d'éviter qu'il revienne sur notre dernière rencontre… S'il pense qu'il va prendre le contrôle de la situation, il ne me connaît pas encore!

– C'est toi qui me l'as demandé…

Hein? Ah… Oui, oui… «C'est toi qui as commencé!» Un peu facile, non?

– Pourquoi vous avez accepté? C'est pas très orthodoxe, tout le monde me l'a dit.

En fait, c'est Joane, mais…

– Tout le monde? Ah bon…

L'air très surpris, déboussolé même. Coupable? Tiens tiens… Intéressant, ça…

– Ça vous dérange que j'en aie parlé?

– Non… Mais je dois dire que je suis surpris que tu parles de ta thérapie autour de toi.

– Pourquoi? C'est interdit? Y a une clause de confidentialité?

– Je pensais que toi, tu en voyais une. Pour ma part, j'ai pas de problèmes…

– Ouais ! Jamais de problèmes, vous... C'est pour ça que vous êtes un psy.

– Je ne dirais pas ça. Mais ce n'est pas à cause de mes problèmes que tu viens ici... En ce moment, tu sembles en avoir un avec le fait que je te tutoie... Alors ? On en parle, oui ou non ?

Du calme ! Je l'ai jamais entendu me parler sur ce ton-là. Dans sa manière de dire : « Alors ? », et aussi, son intonation sur le « ou non ? », il y avait un petit trémolo qui aurait presque pu passer pour de l'irritation, de la colère même. Bizarre...

– Êtes-vous choqué ?

– Pas du tout.

– Pourquoi vous me parlez sur ce ton-là, alors ?

– Sur quel ton ?

– Le ton de celui qui en a marre. Remarquez, je vous comprends. Moi, ça fait longtemps que je me serais débarrassée d'une cliente aussi peu coopérative.

– C'est ce que tu penses ? Que tu n'es pas coopérative ?

– Je pense que je suis chiante au maximum !

Petit sourire, aussitôt réprimé.

– C'est un peu comme on disait à la dernière rencontre. Tu viens ici pour te punir, pas pour te faire plaisir.

– Je comprends pas votre lien...

– Tu n'es pas contente de toi. Mais au lieu de profiter de moi pour découvrir pourquoi, tu mets beaucoup d'énergie à me convaincre que tu ne vaux pas la peine qu'on s'intéresse à toi, que tu es... chiante, comme tu dis. Ce que je me demande, c'est ce que tu veux vraiment. Veux-tu que je me débarrasse de toi ? C'est ça que tu recherches ? Le rejet ? Ou bien veux-tu que je te convainque que tu vaux la peine ? Si c'est le cas, je veux bien essayer, mais il va falloir que tu y mettes un peu du tien…

Ah ben ! Ma parole, il est en train de me chicaner ! C'est spécial… Je me sens comme quand papa me convoquait à une de ses réunions de planification des mesures de sauvetage de ce qui nous restait de famille… Merde ! Ça fait des années que j'ai pas repensé à ça… Non non non. Pas envie d'aller là.

— Qu'est-ce qui se passe, là ?

Je sais pas de quoi j'ai l'air, mais il s'est incliné légèrement vers l'avant et me regarde avec une sollicitude inquiète. Du calme. Prendre un air dégagé, légèrement ennuyé même, l'air de celle qui vient de se faire interrompre par la sonnerie prétentieuse d'un cellulaire.

— Avez-vous déjà remarqué la sonnerie des téléphones cellulaires ? Je sais pas si c'est fait exprès, peut-être pour faire sentir aux abonnés qu'ils sont très importants, mais on dirait que l'appel vient de très loin, d'une autre galaxie. Fait chier. Pas vous ?

— Qu'est-ce qui t'ennuie réellement ? La sonnerie des cellulaires ou bien le souvenir qui t'est revenu et dont tu ne veux pas parler ?

Lui là !

— Bon, c'est correct… Vous m'avez fait penser à mon père. Vous êtes content ? Ça, c'est intéressant sur le plan freudien, non ?

— Ça dépend…

C'est ça… Prononce-toi pas. Reste assis sur ton steak, puis attends que je fasse une erreur… Comment ça se fait que j'ai jamais vu qu'ils se ressemblaient tant que ça ? Hallucinant !

— Avec une attitude comme celle-là, vous êtes sûr de toujours gagner, hein ?

– Quelle attitude ?

– Ah, laissez donc faire ! Pour ce que ça donne d'essayer de comprendre… De toute façon, c'est quoi votre intérêt, à vous ? Non mais… Franchement, là ! Je veux bien croire que vous gagnez votre vie avec ça… Mais entre vous et moi, vous pourriez ramasser votre quatre-vingt-cinq piastres de façon plus agréable ! La ville est remplie de femmes qui auraient besoin d'une petite thérapie vite faite… Moi, personnellement, j'en connais au moins dix. Alors pourquoi vous perdez votre temps avec moi ? Hein ? Même si c'est votre travail, la qualité de vie, c'est important quand même ! Et puis, faites-vous-en pas pour moi… Ça serait pas la première fois que… L'échec, ça me connaît. Pas besoin d'avoir peur de trouver mon nom dans les faits divers… Pas de faute professionnelle en vue pour vous, docteur ! Pas avec moi ! S'il y a une chose que j'ai apprise, une seule, c'est que ce qui arrive dans la vie de quelqu'un, c'est toujours de sa propre faute ! Responsabilité absolue, totale, irrévocable !

Je reprends mon souffle, mon élan… Tu veux que je parle, chose ? Ben, attache ta tuque !

– Docteur ? Je ne suis pas médecin…

Pis ? Rapport ? Eille, ça fait des mois que tu me crinques, interromps-moi pas pour une erreur aussi insignifiante !

– … Par contre, si je me souviens bien, ton père était médecin… Je me trompe ?

– Non… Médecine générale et obstétrique… Mais je vois vraiment pas… Ça vous arrive jamais de vous tromper, vous ?

– À qui tu parles ? À moi ou à ton père ?

Merde.

Peinturée dans le coin. Engluée dans le latex jusqu'aux yeux. Qu'est-ce que je fais ? J'attends que ça sèche ou bien ?…

– OK. Je parlais à mon père. On avait des réunions, lui et moi, une fois par semaine, comme vous et moi. Officiellement, au début, ça avait pour but de me permettre de «ventiler» les événements que je venais de vivre. Vous savez, quand mon frère est mort ? Mais, très vite, ces rencontres se sont transformées en des tentatives, par mon père, de me rendre responsable de la dépression de ma mère. Savez-vous ce qu'il me disait ? «Si t'es pas raisonnable, tu vas faire de la peine à maman !» Puis aussi : «T'es en train de faire mourir ta mère !» En fait, il essayait de me culpabiliser, à sa place, de l'enfer qu'était devenue notre famille.

– Est-ce qu'il a réussi ?

Je le regarde. J'ai dû mal entendre…

– Vous voulez rire ? Qu'est-ce qu'il vous faut ? Que je me flagelle avec un fouet à épines ? Que je marche sur les genoux ? Que j'entre chez les Témoins de Jéhovah ? Il me semble que c'est évident qu'il a réussi !

À son tour de me dévisager. Jamais vu une telle compassion dans des yeux posés sur moi… Arrête, mon vieux crapaud, tu vas me faire brailler. Trop tard.

Je sais pas combien de temps ça dure, mais je pleure en silence, sans sanglots, sans spasmes, comme si j'avais perdu tout sens de la résistance, comme si pleurer était aussi normal que respirer, comme si pleurer coulait de source… Et tout ce temps, il me regarde, assis tout droit dans son fauteuil, le visage détendu, serein, avec – mais peut-être que je fabule – une pointe de soulagement…

Comme sur un signal, j'arrête de pleurer, je me taris, je le regarde droit dans les yeux et je dis :

– Merci.

Pourquoi je dis ça ? Aucune idée. Mais ça semble avoir un sens pour lui, car il sourit légèrement, incline la tête en un petit salut et répond :

– Je vous en prie… Il n'y a pas de quoi…

Ho ! Un instant, là ! Qu'est-ce qu'il a dit ? Je VOUS en prie ?

– Pourquoi vous me dites « vous » tout à coup ?

– Peut-être pour vous aider à faire la différence entre moi et votre père… Vous croyez que c'est en souvenir de ces rencontres que vous m'aviez demandé de vous tutoyer ? Vous pensiez peut-être que ce serait plus facile pour vous de vous retrouver, disons, en « terrain connu » ?

J'aimerais bien lui dire le contraire, le lui crier par la tête, même ! Pourquoi est-ce que je suis si facile à lire pour lui ? Mais, merde, il a raison ! Lors de ma première visite ici, j'ai su tout de suite que quelque chose clochait. Pourquoi il me vouvoyait ? Ça me faisait me sentir bizarre, comme si je n'étais pas moi. Je lui ai demandé de me tutoyer, avec une de mes blagues sur le fait d'être une femme dans la jeune quarantaine qui a bien le droit, encore pour un temps, d'échapper à l'inévitable « madame »…

– J'ai horreur de l'admettre, mais vous avez raison. Disons que… j'avais pas fait le lien consciemment, mais je trouvais que j'étais trop jeune, et vous, excusez-moi, trop vieux pour que vous me disiez « vous ». J'aurais pas été capable. Je serais pas revenue vous voir.

– Oui, je sais… Vous aviez posé le tutoiement comme une condition incontournable pour m'ac-cepter.

– Vous… accepter ?

– Oui. Vous m'aviez laissé savoir que vous «magaziniez» et que nos premières rencontres étaient en quelque sorte une audition pour moi…

Ouais. J'étais pas mal au-dessus de mes affaires, dans ce temps-là… Qu'est-ce qui m'a transformée en chien battu ?

– Ça vous dérangeait pas de vous faire évaluer comme ça ?

– Non. Par contre, je dois dire que j'ai été déçu que vous ne m'ayez jamais donné ma note…

Petit sourire ben crasse…

– Pour vous dire franchement, si j'étais en état de donner des notes, je vous mettrais un dix, certain !

Il sourit encore. Ça lui fait plaisir ? En tout cas, ça le change sûrement des vacheries que je lui lance habituellement par la tête.

– Un dix ? Pourquoi ?

– Pour m'avoir endurée tout ce temps-là.

Silence. Il a soudain l'air grave. Il semble hésiter, puis :

– Moi, ce n'est pas pour cette raison que je me donnerais un dix.

Ah non ? Tiens… Pourquoi d'abord ?

– Pourquoi ?

– Pour avoir résisté à la formidable énergie que vous avez mise à vous dévaloriser. Je n'ai pas l'habitude de m'étendre sur mon vécu de thérapeute, mais je tiens à vous dire que j'ai rarement rencontré une personne aussi intimement persuadée de ne mériter que d'être ignorée.

Ah bon. Trop aimable. Je devrais me sentir flattée ou quoi ?

Silence. Bon. Qu'est-ce qui se passe, là ?

– Qu'est-ce qui se passe, là ? On parlait de quoi, au juste ? Je vais vous retirer votre dix si vous vous mettez à être aussi perdu que moi…

– Vous vouliez savoir pourquoi je vous tutoyais.

– Ah bon. Ben… Maintenant on le sait, je pense, hein ? On passe le reste de la rencontre là-dessus, ou quoi ?

– Comme vous voulez…

Ah non ! Décidément, j'haïs trop ça.

– S'il vous plaît… Pouvez-vous recommencer à me tutoyer ?

– Non, je regrette.

Quoi ? !

– Pardon ?

– Je ne pense pas que ce soit une bonne idée de revenir en arrière.

– C'est une farce, ça ?

– Non.

Non. Plate de même, pas l'ombre d'un sourire sur sa grande face. J'avais raison : il a quelque chose, lui, aujourd'hui. Je lui tape sur les nerfs, et il a décidé de me faire chier. Parfait.

– Vous savez, je peux revenir un autre jour, si vous filez pas…

– Ça vous arrangerait d'arrêter la rencontre maintenant ?

Ah non ! Y va pas me refaire ce coup-là !

– C'est pas moi qui suis de mauvaise humeur aujourd'hui, et qui pousse des petites craques par en dessous ! C'est vous ! Vous pourriez avoir l'honnêteté de l'admettre, au moins !

Silence. Tête baissée, il ne me regarde pas. Seul signe de vie : un pied légèrement baladeur… Étrange, d'ailleurs, parce qu'on ne peut pas dire qu'il y ait un réel rythme dans le mouvement de son pied. On dirait plutôt que quelqu'un lui a saisi un orteil et lui inflige des secousses légères et aléatoires. Fatigant, en tout cas, un peu hypnotique, comme quand maman avait bu trop de Cinzano avant le souper et contemplait son pied pendant ce qui me paraissait une éternité, au lieu de servir… Merde. Où est-ce que je suis rendue, là? Qu'est-ce que maman vient faire ici? Pourquoi est-ce que je suis jamais capable de rester concentrée quand je veux me choquer? Je suis en maudit contre lui, là! J'aurais envie de l'assommer, de l'abîmer de bêtises, de l'envoyer chez le diable!

— Vous pourriez me regarder, au moins!

Il me fixe, froid comme une barbotte. J'ai dû rêver les quelques éclairs d'intérêt que j'ai cru déceler chez lui. Il s'en fout, je l'emmerde.

— Je suis très en colère, là… au cas où vous l'auriez pas remarqué.

— Ça n'est pas l'idée que je me fais d'une colère. Et certainement pas de la vôtre!

— Qu'est-ce que vous voulez dire?

— Que quand vous vous donnerez le droit de vraiment exprimer votre colère, ça ne ressemblera pas à ça… Enfin, si je peux me permettre de présumer…

Quelle délicatesse!

— Vous savez bien que vous pouvez tout vous permettre avec moi. Je suis une lavette… Prête à tout pour un peu d'attention. Comme les petits chiens qui sont tellement fuckés émotivement que même un coup de pied dans le cul leur fait plaisir…

— Vous êtes dure envers vous-même…

— On est jamais si bien servi que par soi-même!

— Mais ça n'a pas toujours été le cas, n'est-ce pas?

— Qu'est-ce que vous voulez dire?

– La dureté… Elle n'est pas toujours venue de vous-même…

– Je comprends pas.

– Est-ce que vous lui avez déjà dit, à votre père, que vous n'aimiez pas vos… réunions ?

Ah. Il est resté accroché là, lui ? Bon.

– Non. Pourquoi j'aurais fait ça ?

– Ça vous aurait peut-être permis d'exprimer un peu de colère, au lieu de la retourner contre vous-même.

Ah ! Ça paraît qu'il n'a pas connu papa, lui ! Exprimer de la colère ? Exprimer ne fut-ce qu'un léger désaccord ? Ou même une opinion ? Quand on est avec papa – avec le pape, aussi bien dire – on ne s'exprime pas ! On écoute et on attend que ça passe. Mais, inutile de lui dire ça : il ne me croira pas. Personne ne m'a jamais crue, d'ailleurs. Impossible que cet homme si charmant, si raffiné, si séduisant soit tellement… ce qu'il était ! Même Suzanne ne me croyait pas. Suzanne, ma *best*, ma presque sœur, ma complice… Non merci. Je ne paie pas quatre-vingt-cinq piastres par semaine pour me faire dire que je raconte des histoires. J'aime mieux être payée pour ça ! D'ailleurs, à bien y penser, j'aurais pas pu choisir un meilleur métier : rédactrice de pub, c'est le « racontage d'histoires » poussé à l'extrême !

Je rigole en douce. Il me regarde, surpris, bien prêt à rire, à la condition de savoir pourquoi. Mais motus ! Je passe mon tour. Quand il voit que rien ne vient, il se fige, puis son sourire, quand il s'ouvre, semble timide.

– J'ai manqué quelque chose ?

Pauvre vieux. Il y a presque une supplication dans son ton…

– Oui. À peu près cinq ans de mon adolescence… Chanceux !

Je rigole de plus belle. Presque un fou rire : ça fait du bien, ça détend les muscles du ventre. Par contre, ça serre un peu trop dans la gorge… Je devrais arrêter de fumer. Si c'est pour me rendre le rire douloureux, ça vaut vraiment pas la peine ! D'ailleurs, je devrais arrêter de fumer pour des tas d'autres raisons. Entre autres choses à cause de papa… Ah non ! Dis-moi pas qu'il va se mettre à retontir ici à tout bout de champ, lui !

– Chanceux ? Pourquoi ?

Hein ? Qu'est-ce qu'il veut encore ?

– Pardon ? J'ai pas compris la question…

– Oui. Vous semblez ailleurs…

– Pas ailleurs, avant ! Savez-vous, je préférerais qu'on arrête de parler de mon père. Il pourrait devenir très envahissant, croyez-moi !

– Ah bon ? Comme vous voulez…

Il croise une jambe, regarde ailleurs. Puis, subtilement, il jette un coup d'œil à sa montre. Ça, là ! Pourquoi il fait ça ? Il est tanné ? Il a hâte que ça finisse ?

– Je peux partir tout de suite, si vous avez autre chose de plus intéressant à faire…

– Qu'est-ce qui vous fait dire ça ?

– Vous regardez votre montre… Je suis peut-être chiante, mais je suis pas aveugle…

– Oui, je regarde ma montre. C'est pratique pour savoir l'heure.

– Pour savoir combien de temps il vous reste à m'endurer…

– Vous pouvez le prendre comme vous voulez, mais la réalité est que je ne peux vous accorder toute ma disponibilité. J'ai d'autres clients.

— Je le sais que vous avez d'autres clients ! Je suis pas folle ! Pourquoi vous me dites ça ?

— Je suis désolé que ça vous blesse… Ce n'était pas mon intention.

— Ça me blesse pas, ça m'enrage ! Vous me parlez comme à une petite fille ! Comme à une enfant qui connaît rien, puis qui sait pas où elle est ! Je veux ben croire que je vous ai demandé votre aide, mais abusez pas, OK ?! Je suis pas aussi conne que j'en ai l'air !

— Vous avez l'impression que j'abuse de vous ?

J'en tremble. J'en bégaie.

— Je… J'haïs ça me faire prendre pour une idiote… Ça me… Ça me tue, si vous voulez le savoir !

Wô. Du calme.

— Ça m'a coûté assez cher pour que plus personne me prenne pour une idiote, je suis certainement pas pour endurer ça, ici, de votre part, puis payer pour, en plus !

Qu'est-ce que tu racontes ?

— Il y a beaucoup de choses dans ce que vous venez de me dire…

Ah oui ? Tiens donc…

— Avec votre père aussi, vous aviez l'impression d'être abusée ?

Quoi ?

— J'ai jamais dit ça !

— Non, c'est vrai. Mais est-ce que je me trompe ?

— Je… Pourquoi vous ?…

La panique. Qu'est-ce qu'il veut ? Là, là… Y faut que je me tire d'ici, ça devient trop dangereux…

— … Je viens pas de vous dire que je voulais pas parler de mon père ?

— Oui. Mais j'ai encore eu l'impression que vous vous adressiez à lui, pas à moi…

– Pourquoi je ferais ça ? Vous savez, j'en suis revenue de mon père… Ça fait huit ans qu'il est mort.

– Ah bon.

Son petit air sceptique, avec la tête qui hoche, l'air de dire oui, mais avec tout le reste qui dit non.

– Vous me croyez pas ?

– Je ne suis pas certain que vous vous croyez vous-même. De quoi avez-vous peur ?

J'ai pas peur ! Commence à faire chier sérieusement, lui !

– J'ai pas peur ! Puis… Il faut que j'y aille, c'est l'heure…

Sortie d'urgence.

Banal Œdipe

Je ne savais pas que vous fumiez…

Ben des affaires que tu sais pas, chose !

J'aspire lentement, bouffée après bouffée. Il me semble que ça fait longtemps qu'une cigarette n'a pas été aussi bonne… aussi jouissive ! Après celle-ci, je vais tout de suite en fumer une autre…

– Ben oui… Et je fume beaucoup à part de ça ! Plus d'un paquet par jour ! Pas pire, hein, pour la fille d'un homme qui est mort d'un cancer du poumon à soixante ans ?

Visage inexpressif. Je pensais que ça l'intéresserait d'entendre parler de mon père, son *alter ego*… À moins que la fumée le dérange ?

– Ça vous dérange ?

– Eh bien, j'en suis désolé, mais ce n'est pas une surprise : vous l'aviez indiqué dans la section « antécédents familiaux » du questionnaire auquel vous avez répondu au début.

Coudon ! J'en ai donc ben écrit des affaires sur ce maudit questionnaire-là ! Pour ce que je raconte de nouveau ici, j'aurais peut-être pu me contenter de juste remplir la fiche…

– C'est pas ça que je voulais dire… La fumée, ça vous dérange ?

Il réprime un petit rire.

– Je… J'avais mal compris. Non, pas du tout. Mais je suis surpris que vous n'ayez jamais fumé devant moi jusqu'à aujourd'hui.

– Ben oui… C'est bizarre. Enfin, pas tellement ! On n'a plus le droit de fumer nulle part. Je me suis dit qu'ici, c'était la même chose…

– Et qu'est-ce qui vous a fait changer d'avis ?

– Franchement ? Je le sais pas. Peut-être notre dernière rencontre… Les liens que vous avez faits au sujet des réunions avec mon père.

– Que « nous » avons faits…

– Ouais, disons.

– Votre père fumait pendant vos rencontres ?

– Comme une cheminée.

– Ça vous dérangeait ?

– Non. J'aimais ça. Ça m'étourdissait.

– Vous aviez quel âge ?

– Onze, douze, treize ans… À quatorze, je me suis mise à fumer…

– Ça servait à quoi, fumer, à quatorze ans ?

– Avez-vous déjà fumé, vous ?

– Oui. Il y a longtemps.

– À quoi ça vous servait ?

Il sourit. De toute évidence, il trouve comique ma tentative d'inverser les rôles.

– … Voyez-vous, pour ça aussi, vous me faites penser à mon père : lui non plus ne répondait pas aux questions.

Encore son petit sourire.

– … Avez-vous une crampe ?

– Pardon ?

– Vous arrêtez pas de sourire…

– Je suis… content.

Il a hésité un léger instant. Comme une gêne, ou plutôt, une pudeur…

— Ah bon… pourquoi ?

— Il y a quelque chose dans votre attitude… Vous me semblez plus détendue qu'à l'habitude.

Ah, comme c'est beau la confiance ! Depuis le temps, il aurait dû apprendre à se méfier un peu…

— C'est la détente avant l'attaque !

Cette fois, il rit franchement. Il n'essaie même pas de s'en empêcher.

— Ouais… Je vous impressionne, c'est effrayant !

— C'est ce que vous voulez faire, m'impressionner ?

— C'était une façon de parler… Recommencez pas !

— Qu'est-ce que je ne dois pas recommencer ?

— À jouer avec les mots. À me prendre en défaut sur tout et sur rien.

— À faire tout ce que vous détestiez de votre père, quoi !

— En plein ça !

Je sais que je me répète, mais il est pas mal vite.

— Mais en même temps, c'est pratique pour vous que mes attitudes se rapprochent parfois de celles de votre père…

Ho ! Un instant ! Un petit peu trop vite, là…

— Qu'est-ce que vous voulez dire ?

— Vous ne voyez pas ?

Joue pas avec ma tête, toi !

— Pas du tout, non.

— Je veux dire qu'en quelque sorte vous êtes mieux équipée aujourd'hui pour faire face à votre père que vous ne l'étiez à douze ans…

Ah oui ? Tu trouves ?

J'écrase ma cigarette dans le cendrier qu'il m'a obligeamment tendu au début. Je vais attendre pour en allumer une autre. Je suis un peu étourdie, là. Mal au cœur. Bizarre.

– Vous pensez que je me venge sur vous de ce que mon père m'a fait endurer ?

– Venger… c'est peut-être un bien grand mot. Disons que depuis que vous m'avez parlé de votre père je comprends mieux vos résistances.

Comme c'est bien dit.

– Puis mes vacheries, vous les comprenez mieux aussi ?

– Je n'ai pas à juger des moyens que vous prenez pour négocier avec vos…

Arrêt brusque, coup d'œil inquisiteur…

– … comment dire ?

Ma parole, il a peur !

– Allez-y. Ayez pas peur. Je viens de fumer une cigarette, je suis ben *smooth*…

– C'est à ça que ça vous sert, fumer ? Être *smooth* ?

– Changez pas de sujet ! « Négocier avec mes… » quoi ?

– Ça ne va pas vous plaire.

– Ça me plaît jamais, de toute façon…

Envoye ! Crache !

– Négocier avec vos conflits latents et, en particulier, avec votre Œdipe non résolu.

Ah ben. Œdipe non résolu. Rien que ça.

Faut lui donner ça : il a bien joué son jeu. Il a fini par me faire croire qu'il n'était pas un psy ordinaire, un psy de magazine avec son jargon et ses recettes… J'ai même pensé, en prétentieuse que je suis, que « l'originalité » de mon cas, et surtout de mon attitude, l'avait mené sur des chemins nouveaux, l'avait forcé à évoluer vers une démarche thérapeutique plus moderne, à dédaigner les concepts dépassés et sexistes implantés par Freud, le vieux macho, le drogué paranoïaque… Encore une fois, je me suis fourrée.

Qu'est-ce que je fais maintenant ? Je me pousse ? Je fais semblant de rien, puis je change de sujet ? N'importe quoi, mais allume, pis vite !

— Vous ne dites rien…

Parle-moi de ça, un bon sens de l'observation !

— J'ai rien à dire.

— Vous n'êtes pas d'accord avec mon énoncé…

Même pas une question. Le ton de l'évidence, mais avec une touche, oh ! très légère, de provocation. Coudon ! Il cherche la chicane, ou quoi ?

— Vous avez le droit à votre opinion…

Très *cool*, la fille, très *live and let live*…

Le suppôt de Freud semble fort surpris. Il a sursauté légèrement, s'est vite repris, mais un point d'interrogation demeure dans son sourcil gauche – qui aurait bien besoin d'être débarrassé de quelques poils hirsutes, soit dit en passant. Il n'a pas de femme dans sa vie, lui ? Même pas une esthéticienne ?

Le prenant en pitié, je lui lance, pour lui faire plaisir :

— Je suis déçue.

— Déçue ? De quoi ?

— Complexe d'Œdipe… Franchement ! C'est tellement banal. Vous auriez pu faire mieux.

— Mieux. Comme quoi, par exemple ?

— Je sais pas, moi… Un diagnostic plus actuel, plus congruent au contexte sociopsychologique de l'époque. Avec ma situation personnelle telle qu'inscrite dans mon vécu professionnel, peut-être ?

Il a l'air de se demander si je suis sérieuse ou si je le niaise. En fait, je le niaise, mais je me prends au jeu et j'en remets :

— Non mais, savez-vous ce que c'est que de passer sa vie à rédiger des publicités pour toute la merde qu'on met sur le marché ? Savez-vous ce que c'est, faire semblant d'être intéressée par un produit qui va rendre les serviettes de bain tellement moelleuses et odorantes que ça devrait donner à toutes les mères et leurs enfants l'envie d'emménager pour de bon dans la sécheuse ? Non seulement je dois paraître intéressée, mais je dois le pondre, le maudit concept qui va infiltrer l'inconscient de toutes les ménagères du pays !

Pas l'ombre d'une réaction.

— C'est ça, ma vie ! Et pas seulement quelques heures par semaine… Soixante heures, minimum ! Puis, je vous épargne les *meetings*, les *lunches* avec les clients, les séances de *brainstorming* où tout le monde déconne, sous prétexte de me refiler des idées ! Ça vous est jamais venu à l'idée que mon problème, c'est que je travaille trop ? Que j'en ai plein le cul de ma job et des gens avec qui je travaille ? Mon problème, c'est peut-être que je suis en *burn-out*, en « épuisement professionnel », comme ils disent…

— C'est possible.

Impassible.

— Vous êtes convaincant, c'est presque pas croyable ! Dites donc ce que vous pensez, au lieu d'essayer de me faire croire que vous considérez mon opinion…

— Je n'essaie rien… Sinon de comprendre de quoi on parle ici… Peut-être pourriez-vous m'éclairer ?

Un petit sourire presque d'excuse, avec un soupçon de supplication. Au fait, bonne question. De quoi on parle ?

– Euh… Bien… je pense que j'essaie de vous faire comprendre quelque chose à propos de ma façon d'être. Plus précisément à propos de… de mon agressivité. Mes vacheries, là, c'est une tactique de survie, une stratégie de défense contre les loups qui m'entourent et qui attendent juste un signe de faiblesse de ma part. Si je suis pas vigilante, je me fais manger. C'est aussi simple que ça. Puis, tout à coup, vous me parlez de complexe d'Œdipe. Je trouve que vous allez chercher ça loin pas mal !

– Pardonnez-moi, mais c'est vous-même qui avez fait le lien entre vos va…

Il ravale littéralement le mot qu'il allait prononcer et se racle la gorge. Vieux crapaud ! Si tu penses que je vois rien.

– … votre agressivité et vos rencontres avec votre père.

Pourtant vrai.

– Je le savais qu'en laissant mon père entrer ici, ça gâcherait tout ! Je vous avais prévenu !

– Oui, je m'en souviens. Mais pourquoi l'avez-vous laissé faire ?

– Si vous pensez que je peux contrôler ça ! Papa, il fait ce qu'il veut, tout le temps !

Bon. Je parle de lui au présent, maintenant. Veux-tu bien me dire où je suis rendue ?

– … Excusez… Je pense que je suis un peu fatiguée, là…

J'émets un petit rire jaune.

– … Dans le fond, vous avez peut-être raison, finalement. Je suis peut-être accrochée à mon père, complexe d'Œdipe ou *whatever*…

– Qu'est-ce qui vous fait dire ça ?

– Je parle de lui comme s'il était vivant…

– Si je peux me permettre…

Allez, mon brave ! Je vous dois bien ça…

– Oui ?…

– Il est encore vivant.

Hein ?

– Hein ?

– Ce que vous me disiez, juste là, à propos de votre travail, de l'attitude que vous adoptez pour vous défendre contre les loups qui vous entourent… N'est-ce pas un rappel de vos rencontres avec votre père ?

Motus. S'il pense que je vais répondre quoi que ce soit avant de comprendre où il veut en venir…

– … À notre dernière rencontre, vous m'avez dit une chose sur laquelle j'aimerais revenir…

Une demande dans son ton. Une recherche d'assentiment. Je hausse négligemment les épaules.

Il se lève, va vers son bureau, saisit son cahier de notes, revient s'asseoir. Tout ça rapidement, mais sans précipitation. Je remarque pour la première fois à quel point il semble en forme pour un homme de son âge. Au fait, quel âge est-ce qu'il peut avoir ? Sûrement plus de soixante. En tout cas, il est plus en santé que papa était… Il doit jogger ou jouer au tennis. Il fait de la voile. Ça, c'est exigeant physiquement. Joane me l'a assez dit : « La voile, c'est complet, comme exercice ! Tu devrais en faire… Tu devrais arrêter de fumer, tu devrais bouger plus… Et blabla… » Pas mêlant, quand elle part là-dessus, j'ai l'impression d'être recrutée par une secte…

– « … je suis certainement pas pour endurer ça, ici, de votre part… »

Wô ! Wô !

– Excusez-moi. Je… J'étais dans la lune. Pourriez-vous recommencer ?

– Certainement.

Il se penche sur son cahier, lit :

– « Ça m'a coûté assez cher pour que plus personne me prenne pour une idiote, je suis certainement pas pour endurer ça, ici, de votre part, puis payer pour, en plus ! »

Ouais, pis ?

– Qu'est-ce que vous voulez savoir ?

– J'aimerais que vous me disiez combien…

– Combien, quoi ?

– Vous dites que ça vous a coûté cher… Combien ?

Petit comique !

– Ah ah… Très drôle…

– Je ne plaisante pas.

– Ah bon ? Mais c'est drôle pareil. Est-ce que je dois inclure vos honoraires dans mon total ?

Je fais semblant de rigoler, mais, honnêtement, je gagnerais pas un Oscar pour ma performance. Il me fixe sans aucune expression. Tout à coup, je ne trouve plus ça drôle du tout. Ça m'apprendra à lancer des phrases aussi dramatiques : « Ça m'a coûté assez cher… » Franchement. Le nez dans ton caca. Ben bon ! Je fouille dans mon sac, prends mon paquet, en allume une.

Combien. Qu'est-ce que j'ai bien pu vouloir dire par ça ?

Eille ! Fais pas l'innocente ! Tu sais très bien ce que tu voulais dire. Tu peux téter sur le montant exact, mais fais pas semblant qu'il y a jamais eu de facture…

– … Vous voulez savoir combien ? Assez pour être dans le rouge le restant de mes jours.

– Ça ressemble à quoi, une vie dans le rouge ?

– Ça me ressemble : toujours en crisse, toujours sur le *gun*, toujours à prouver que j'ai tout vu, tout compris, tout prévu. Toujours à chercher la même récompense, le même nanane, qui vient toujours parce que j'y mets toute mon énergie depuis vingt ans.

– Et cette récompense, c'est ?

– Je suis la meilleure, la plus *bright*, la plus *tough* et la plus drôle. Et si je suis pas la plus belle, je suis la plus sexy : les hommes peuvent pas résister à une femme qui les envoie promener. Surtout si c'est une femme de pouvoir. Et moi, c'est ce que je suis : une femme de pouvoir.

– Et pourtant, vous êtes « dans le rouge ».

– Oui, parce que j'en ai rien à foutre de ce que le pouvoir me donne !

– Même des avances sexuelles ?

– Surtout des avances sexuelles !

Une longue bouffée que j'expire et qui le cache à mes yeux pendant quelques secondes... Mais pas assez pour que je ne remarque pas un hochement de tête et un profond soupir.

– Qu'est-ce que vous avez ? Je vous décourage ?

– Non. Je suis... Je suis désolé que vous vous fassiez la vie si dure.

Wô. Mets-en pas trop, chose !

– Voulez-vous que je vous passe un kleenex ?

J'étire le bras pour en saisir un dans la boîte, mais j'arrête mon geste. Pas fine.

– ... Excusez-moi. J'avais oublié ça dans ma liste : quand les hommes sont gentils avec moi, ou compatissants, je les crois jamais.

– Et c'est un avantage ou un effet négatif ?

Ah ah. Ben comique.

— Savez-vous, ça serait pas fou de penser que d'avoir aucune confiance dans les hommes est un avantage… Pas fou du tout…

— Comme un genre d'immunisation, n'est-ce pas ? Donc, vous courez moins de risques d'être déçue…

— Arrêtez, si vous continuez à être brillant comme ça, je vais être obligée de mettre de la crème solaire pour venir ici !

— Qu'est-ce qui vous a le plus déçue chez votre père ? Qu'il vous prenne pour une idiote, ou bien qu'il ne vous manifeste aucune tendresse ?

Wô, wô ! Tu vois ce qui arrive quand tu baisses ta garde une seconde ? Oublie jamais qu'il a une idée fixe, lui…

— Ça vous ferait plaisir que je vous dise que j'étais amoureuse de mon père ?

Un regard vide. Il a presque l'air idiot.

— Pas particulièrement. Mais vous semblez dire que vous vous êtes façonné cette carapace, ce personnage dur et cynique, à cause de votre père, chez qui vous sentiez un mépris à l'égard de votre intelligence.

— C'est trop bien dit, mais c'est à peu près ça, oui… Où est-ce que vous voulez en venir ?

Vieux snoreau. Fais bien attention à ce que tu vas me sortir. Je suis pas d'humeur. Pas pantoute.

— Qu'est-ce que vous avez fait pour surmonter votre déception de constater que votre père n'avait, en plus, aucune compassion pour vous ?

— Je viens de vous le dire, il me semble ! Je crois pas les hommes quand ils sont fins !

— Alors, si je comprends bien, quand les hommes vous prennent pour une idiote, vous leur prouvez que vous êtes brillante, et quand ils vous manifestent de la gentillesse, vous ne les croyez pas ? C'est bien ça ?

– À peu près.

Accouche, chose ! Tu joues sérieusement avec mes nerfs, là !

– Vous ne trouvez pas cela contradictoire ?

– Oui, pis ? Vous en avez pas, vous, des contradictions dans votre vie ?

– Certainement. Quand j'en prends conscience, j'essaie de les analyser et, si possible, de les réconcilier.

C'est ça ! T'es ben bon, toi ! Ben ben fin ! Moi, je suis la tête en l'air qui comprend rien et qui essaie même pas de comprendre !

– Vous me faites chier, si vous voulez le savoir ! Je le sais que vous êtes meilleur que moi… pas besoin d'en remettre !

Du calme. Il veut te faire pomper, c'est clair ! Relaxe.

– Ce n'était pas mon but. Et puis, je ne suis pas meilleur que vous.

Il regarde à terre, mordille sa lèvre supérieure avec les dents d'en bas. Un petit garçon qui a envie de pleurer. Papa avant de mourir… Non ! Pas ça. Stop.

– Excusez-moi… Je… Je suis plate de vous dire ça… Je… Vous me faites pas chier… C'est juste que je trouve ça pas mal dur, là…

– Honnêtement, je trouve ça difficile moi aussi. Je me vois forcé de jouer un rôle non familier et j'avoue que je suis maladroit.

Ayoye. De quoi il parle ?

– Quel rôle ?

– Celui d'un homme exigeant et manipulateur. Celui d'un homme aux prises avec une situation familiale dramatique et qui essaie de s'en tirer en faisant reposer sur les épaules de sa fille adolescente la charge émotive que lui-même n'est pas capable d'assumer. Celui d'un homme qui demande à sa fille d'être sa compagne dans l'organisation de sa maison, dans les soins donnés à sa femme dépressive, dans l'entretien de l'atmosphère familiale, mais qui ne lui donne rien en retour... En tout cas, pas ce qu'elle désire...

Il parle de papa, là? De quoi je me mêle!

– Vous pensez pas que vous charriez un peu? Je vous en demande pas tant. Laissez donc faire le théâtre, ça vous réussit pas.

– Mon interprétation n'est pas juste?

– Vous savez rien de papa! Il était charmant, très intelligent, très drôle! Tout le monde pourrait vous le dire! C'est moi qui... Vous devriez pas vous fier à ce que je vous dis. Le problème, c'est que... Je... J'étais pas à la hauteur!

– Vous croyez vraiment cela?

Ah mon Dieu! Je suis épuisée.

– Je sais plus ce que je crois... J'peux-tu m'en aller?

– Certainement.

Mais je reste là. Pas la force de me lever. Pourquoi ça me fait de la peine qu'il parle contre papa?

– ... Ça vous dérange, ce que je dis de votre père?

– Oui.

– Pourquoi?

– Parce que... Il est plus là pour se défendre. Et je me sens coupable de vous avoir donné une si mauvaise image de lui.

– Alors, pour vous défaire de ce sentiment, vous essayez de me prouver que c'est VOUS qui êtes mauvaise.

– Pensez ce que vous voulez… Je m'en fous.

C'est pas vrai, mais bon…

– … De toute façon, il est pas temps que je m'en aille, là ?

Je jette un coup d'œil à l'horloge à côté de moi. Ben oui ! On a dépassé l'heure ! Comment ça se fait ?

– Vous pouvez rester un peu plus, si vous le désirez. Mon prochain client a annulé son rendez-vous.

Non non non… Ça, j'aime pas ça ! On joue pas dans ma routine de même, tu sauras, chose !

– Puis vous avez rien trouvé de mieux à faire que de me proposer de rester ? Vous êtes masochiste ou quoi ?

– Ça vous dérange, ce changement à la routine ?

Bon, le coup du clairvoyant, encore !

– Non non… C'est pas ça… Je peux pas rester. J'ai une réunion à l'agence, pour ma prochaine pub. Une grosse affaire. Je peux pas manquer ça.

Je me lève, ramasse mes choses…

– Très bien, à la semaine prochaine, donc.

Je lui tends son dû. Il ramasse les billets, les regarde un instant, comme sans les voir, ignorant la main que je lui tends.

Allô ? Y a quelqu'un ? Au moment où je retire ma main, il semble s'éveiller.

– Ah ! Pardonnez-moi. Je… j'étais distrait.

Il me serre la main, m'accompagne à la porte. Puis, au moment où je sors, il parle ! Jamais il n'a fait ça. Jamais. Une fois la porte ouverte, ça a toujours été le silence, un sourire, un signe de tête. Mais là, il dit :

– Votre nouvelle pub… Qu'est-ce que c'est ?

Je suis tellement estomaquée que j'oublie de réfléchir aux conséquences d'une réponse spontanée…

– Une campagne antitabac.

Merde.

– Ah bon ? Eh bien, bonne chance !

Il referme la porte.

Re-merde.

Fragile

C'est en noir et blanc. Un montage très rapide d'images d'adolescents, garçons et filles, dans diverses situations... Une chicane de famille, avec le père qui frappe du poing sur la table, un professeur qui engueule une élève, deux amies qui se disputent, un garçon à l'air triste devant une tombe, une mère assise dans un fauteuil, complètement saoule, et sa fille qui essaie de la faire lever... Mais tout ça très rapide, OK ? On a à peine le temps d'assimiler une image que, tout de suite, une autre la remplace. Toutes les situations sont entrecoupées de *flashes* de jeunes bouches qui fument avidement, dans des nuages de fumée... Puis, en surimpression, des lettres rouges : « PREMIÈRES CIGARETTES ». Une voix *off* parle sur un ton rassurant... « On vous a fait du tort, et la cigarette vous a aidés à oublier ? Tant mieux. Mais il est temps de prendre votre revanche... Passez à l'âge adulte : cessez de fumer ! » Cette phrase-là, j'ai passé deux jours dessus !

Ça finit sur des images couleur, au même rythme qu'au début, mais avec des personnages dans la fin trentaine ou début quarantaine : un homme devant une tombe, qui croque dans une pomme, une femme qui fait manger sa mère âgée à la petite cuillère, un enseignant devant une classe de jeunes qui le regardent d'un air très intéressé. En tout cas, quelque chose du genre… Des images d'adultes qui ont l'air bien dans leur peau.

C'est ça! Qu'est-ce que vous en pensez?

– Que vous avez l'air contente de vous…

Laisse faire mon air, toi!

– Non mais, je veux dire… De la pub?

– Eh bien… Vous me semblez y avoir mis beaucoup de vous-même cette fois aussi, mais d'une manière différente. Disons plus… consciente. Les images sont fortes et claires, et le message est sans ambiguïté. Par contre…

Il hésite. Ça, j'aime pas ça.

– Si vous êtes pas sûr de ce que vous allez dire, j'aime autant pas l'entendre, si ça vous dérange pas!

– D'accord. Alors, je me tais.

Ça, j'haïs ça encore plus!

– Ben là! Exagérez pas!

– Pardon?

– Vous êtes pas capable de lire entre les lignes? Je veux savoir ce que vous alliez dire, mais je voulais juste vous prévenir de faire attention, un peu.

– Vous êtes fragile?

Bizarre. Moi dans une grosse boîte de carton, avec FRAGILE écrit en grosses lettres rouges dessus. Tiens, les lettres rouges qui reviennent…

– Oui. *Handle with care…*

Petit sourire.

– Très bien. Je vais vous manipuler avec soin.

Eille! C'est moi la comique, ici!

– Ben drôle… Allez, dites-le! «Par contre…»?

– Remarquez que je n'y connais rien, mais il me semble que, dans le monde de la publicité, un certain… détachement est courant. Tandis qu'ici…

– Vous trouvez que je raconte ma vie ? C'est ça ? Vous allez pas me commencer ça vous aussi !

J'aurais jamais dû le laisser prononcer UN mot ! Je le savais ! Je le savais !

– Moi aussi ? J'en déduis qu'au bureau…

Ben oui, ben oui !

– Vous êtes pareil comme mon père ! Vous savez toujours tout ! Vous prévoyez toujours tout ! Surtout mes échecs ! Si vous voulez tout savoir, au bureau, c'est l'enfer ! Tout le monde ha-ït ça ! Tout le monde ! Puis le client l'a refusée, de toute façon. Je suis dans la marde.

– Je suis désolé…

– Pas grave. Ça fait partie du jeu. J'ai risqué et j'ai perdu. Pas grave.

Arrête, tu te répètes…

– Pourquoi avez-vous pris ce risque ?

– Parce que je voulais pas embarquer dans leurs conneries *politically correct*, dans leurs statistiques, dans leur morale à deux cennes ! Si je les avais écoutés, j'aurais enligné des chiffres sur une colonne, puis des slogans bébêtes sur une autre. Gang de caves ! Après ça, ils se demandent pourquoi leurs campagnes antitabac marchent pas auprès des jeunes, sacrament !

Wô, du calme. Tu vas pas te mettre à y sacrer dans la face…

– Excusez-moi…

– Y a pas de quoi… Vous êtes en colère ?

En colère ? Non non non… Je suis pas en colère. Je suis… rien. C'est ça, je suis RIEN. Leur réaction m'annule. Ils ont rien compris ! Ils se sont arrêtés au premier degré, comme les esprits étroits qu'ils sont. Ils savent que je fume, ils savent que mon père est mort d'un cancer du poumon, et ils se sont dit : « A sera pas capable ! A va se planter ! » Je me demande même si c'était pas ça, le but de toute l'affaire : que je me casse la gueule, que la « bolée de la pub » frappe un nœud. Ils m'ont piégée, et moi, j'ai marché comme une conne ! Eille ! Ils doivent-tu être fiers, là ! Le grand Laveau, je suis sûr qu'il se voit déjà à ma place… Ben, qu'il la prenne, ma place ! De toute façon, je suis plus capable de leur voir la face, personne ! Je me demande même comment j'ai fait pour les endurer aussi longtemps… En fait, je le sais. C'est à cause d'ici… de la thérapie. Si j'avais pas ça, pouvoir me défouler tranquillement une heure par semaine… Tiens, je devrais lui dire ça au vieux crapaud, il serait content. Quoique… Lui, ce qu'il veut, c'est du personnel, du juteux, de la bébite bien dodue, engraissée à la moulée de la dysfonction familiale et abreuvée au jus d'Œdipe bien fermenté… Tiens ? C'est bizarre ça… Quand j'y pense, c'est exactement ça que j'ai mis dans ma pub, du personnel… Attends donc une minute, là ! J'ai mis dans ma pub précisément ce que je refuse depuis des mois de mettre ici ? Ayoye !

– Oui ?

Quoi ?

– … Vous alliez dire quelque chose ?

J'ai-tu parlé ? Là là… Ça commence à aller un peu n'importe où. Ressaisis-toi, ma petite fille, parce que c'est pas une petite cuillère que ça va prendre pour te ramasser, mais un aspirateur !

– Rien d'important… Je réfléchissais…

– À votre colère ?

– Non… à ma stupidité. Dans le fond, vous avez raison, je me trompe de cible presque tout le temps.

– Je ne vous suis pas…

– J'ai des choses à dire à mon père, mais je vous les lance à vous. Puis, ce que je devrais vous dire à vous, je le mets dans une pub ! C'est pas pire, ça, hein ?

– Je ne suis pas sûr de comprendre...

– Vous avez pas écouté quand je vous ai raconté ma pub ? Il me semble que c'est évident !

Non mais !

– Je préférerais que vous me l'expliquiez vous-même. Les évidences, c'est assez subjectif...

Ouais. C'est vrai. Calme tes nerfs un peu, ma vieille.

– OK. Ce que je veux dire, c'est que toutes les images que j'ai créées dans ma pub font référence à du personnel, à des souvenirs, à des émotions d'enfance... Toute la poutine d'une thérapie, quoi !

Un petit sourire du coin des lèvres.

– Ça vous fait rire ?

– Un peu. C'était pas votre but ?

Euh... Bonne question.

– Peut-être, oui...

N'empêche que... C'est vrai que je lance souvent des craques pour le faire rire. En fait, je suis pas sûre de ce que je cherche : le faire rire ou le choquer...

– Votre père, il riait de vos plaisanteries ?

Hein ?

– C'est quoi le rapport, là ?

– Oh, rien de précis. Je me demandais si c'était seulement la colère que vous ressentiez envers votre père que vous transposiez sur moi...

– Écoutez... Pour rire d'une blague, il faut accorder un minimum d'attention à la personne qui la fait. C'était pas le cas de mon père, croyez-moi...

– Ah bon, je comprends...

– Non, vous comprenez pas! Mon père, c'était jamais moi qu'il avait devant lui: c'était une fille imaginaire! Tout ce qu'il faisait, tout ce qu'il disait, avait juste un but: me former, me dresser pour que je devienne la fille parfaite! Alors, entre vous et moi, les blagues que j'aurais pu faire, il les aurait simplement pas entendues!

– Mais moi, je vous entends et je trouve votre humour très fin et très particulier…

Ayoye! Qu'est-ce qu'il lui prend?

– … spécialement lorsque vous riez de vous-même…

Bon bon bon… C'est quoi là? Il change de méthode? Il est devenu motivateur? Jovialiste?

– … quoique je vous trouve souvent trop dure… Je veux dire, envers vous-même.

Coudon! C'est quoi, là?

– Scusez, mais… De quoi vous parlez?

– J'essaie de vous faire voir que notre relation, même si elle ressemble sur plusieurs points à celle que vous aviez avec votre père, en diffère pourtant, de façon importante, sur d'autres. Par exemple, la question de l'humour… Il faut quand même une certaine dose de confiance en quelqu'un pour blaguer. De toute évidence, ce n'était pas le cas avec votre père…

– Pensez-vous gagner un prix pour avoir découvert ça?

– Sans doute pas. Mais ça me fait plaisir, je ne vous le cache pas.

Ah bon?

– Tant mieux pour vous. Mais j'espère que vous m'en voudrez pas si je saute pas de joie avec vous… En fait, franchement là, je comprends rien à ce que vous racontez.

– Eh bien… Je pourrais mieux m'exprimer sans doute.

Mets-en que tu pourrais !

– … Qu'est-ce que vous ne comprenez pas ?

– Où vous vous en allez avec votre histoire d'humour puis de confiance ! On dirait que vous faites ce que MOI, je fais d'habitude : changer de sujet, débarquer de la track… J'espère que je suis pas en train de vous contaminer, parce que ça va aller mal à la shoppe !

Il rigole, secoué d'un bon rire silencieux. Tiens, je pourrais me recycler dans l'humour, vu que je vais probablement perdre ma job – ou la lâcher, plus probable ? Je pourrais même me spécialiser dans les psys ! « Psy-comique » que ça pourrait s'appeler, ou bien « Juste pour psycho-rire »…

– … une évolution dans notre relation…

Qu'est-ce qu'il raconte ? J'haïs ça quand il me parle pendant que j'écoute pas !

– Excusez-moi… Qu'est-ce que vous avez dit ?

– Que j'interprétais votre humour comme une preuve de confiance. Comme une évolution dans le travail que nous faisons ici. C'est pour ça que je suis content…

Ah bon. Ben, tant mieux pour toi, chose !

– … Qu'est-ce que vous en pensez ?

– De quoi ? De votre joie ?

– Vous semblez agacée…

– Agacée ? Non non… J'ai pas de raison d'être agacée. Je viens de me casser sérieusement la gueule, les vautours sont autour et attendent en ligne pour me bouffer, je sais pas si je vais encore avoir une job demain… Non, c'est… c'est très stimulant une situation comme ça ! Pourquoi je serais agacée par le plaisir que l'évolution de notre relation vous procure ? C'est pas mon genre, de toute façon, de me sentir menacée par le bonheur des autres. Mais y a juste une petite chose qui cloche… Peut-être que vous allez être capable de me l'expliquer. Si ça vous dérange pas, évidemment. Je voudrais faire aucun accroc dans votre bien-être.

– Béatrice…

Sa voix était douce, triste, un peu suppliante. Il a dit mon nom. C'est la première fois qu'il m'appelle par mon nom. Pas le diminutif que tout le monde emploie depuis toujours, Béa… Mon vrai nom, mon appellation d'origine. C'est comme si j'avais reçu une décharge électrique. Paf, ça part. Je braille comme un bébé.

– Je suis pas fine, je le sais. Vous, vous essayez juste de m'aider, mais je sais pas comment vous laisser faire. Vous comprenez ? J'ai pas appris ça… Excusez-moi. Je vais me calmer, là…

– Je vous en prie… Prenez votre temps.

Je renifle encore une couple de fois, je me mouche. Silence. Il me regarde.

– … Ça va mieux ?

– Plus personne m'appelle Béatrice. Ça m'a donné un choc.

– Ça vous déplaît ?

– Non. Mes parents m'appelaient comme ça. Mais depuis que mon père est mort…

– Votre mère, comment vous appelle-t-elle ?

– Elle m'appelle pas. Elle me reconnaît même pas. Des fois, elle me prend pour mon frère…

Un instant, là. Pas ma mère en plus ! Pas question. Stop !

– … J'ai pas envie de parler d'elle. Pas du tout.

– D'accord. Alors, dites-moi ? Qu'est-ce qui cloche dans ce que je vous ai dit ?

– Qu'est-ce qui ?… Ah oui ! Vous perdez pas le fil, vous, hein ?

– Je n'ai que ça à faire, ne pas perdre le fil…

– OK. Ce qui cloche, c'est que… Si je vous fais confiance autant que ça, pourquoi c'est pas à vous que j'ai raconté toutes les histoires qu'il y a dans ma pub ? Hein ?

– C'est une bonne question…

Tu parles !

– … Mais ce n'est pas à moi d'y répondre. Vous avez parlé de « risque » tantôt. Peut-être aviez-vous besoin de prendre ce risque-là ?

Bon ! Encore une parole en l'air qui me retombe sur le nez ! Comme si j'avais fait exprès, une sorte de défi. Mon œil ! Envoye, dis-le-lui !

– Écoutez… C'était pas un risque calculé, loin de là. Vous savez, vous devriez vous méfier de mes grandes phrases dramatiques. Vous me connaissez pas encore ?

– …

– En fait, j'ai écrit ça parce que j'avais pas le choix ! Après tout ce qui s'est passé ici les dernières semaines, à propos de mon père et tout, y a rien d'autre qui me venait en tête. J'ai essayé de résister, de leur faire une belle petite proposition ben *clean*, ben correcte, mais rien à faire, ça rentrait juste pas dans mon ordinateur. Alors, j'ai fini par me lâcher lousse !

– Vous lâcher lousse…

Il a dit ça d'un air profond, comme si je venais de formuler la vérité du siècle, mais qu'il ne la comprenait pas…

– C'est quoi, là ? Vous connaissez pas ça cette expression-là ?

– Bien sûr ! Lâcher lousse comme dans… relâcher le contrôle. Ça a dû vous faire un bien immense.

Non mais !

– Ben là ! Pas tant que ça !

Fait chier, lui, à matin !

– Vous n'êtes pas d'accord ?

– Vous poussez un peu, je trouve ! On dirait que vous parlez de quelqu'un qui était constipé…

Merde. Pourquoi t'as dit ça ?

– La comparaison n'est pas mauvaise… C'est votre cas ?

Ah ben ! S'il pense que je vais lui parler de mes intestins, en plus !

– Pourquoi ? Vous êtes gastroentérologue, aussi ?

– C'est vous qui avez fait le lien…

– OK. J'étais constipée, si vous voulez tout savoir ! Depuis des années ! Mais depuis quelques semaines, ça serait plutôt le contraire… Ça répond à votre question ? Voulez-vous des détails ou, je sais pas, un prélèvement ?

Franchement ! Pas besoin d'être vulgaire !

– Vous me trouvez indiscret…

Même pas une question. Ben sûr de lui. Ça, je peux pas supporter ça !

– Non, je vous trouve prévisible. Vous pensez que je l'ai pas fait, le lien entre mes fonctions intestinales et mes émotions ? Vous croyez que j'ai besoin de vous pour réfléchir ou quoi ? Je trouve que vous commencez à le posséder très bien, le rôle de mon père…

– Mon intention n'était pas de vous blesser…

Ben oui ! Ben oui ! Je suis pas paranoïaque !

– Je le sais. C'est pas grave. On revient-tu au sujet, là ? On se demandait pourquoi j'avais conçu une pub aussi personnelle, en me servant d'éléments de ma vie dont je n'avais jamais parlé, même à vous…

– Et tout en sachant parfaitement qu'elle serait refusée… Est-ce que je me trompe ?

Euh.

– Écoutez… Je le savais, mais peut-être pas « parfaitement ». J'avoue que j'avais un petit espoir. Ah ! pas ben gros, mais quand même.

– Quel espoir ?

– Que quelqu'un comprenne tout ce que j'ai mis là-dedans… Puis qu'il me défende, qu'il essaie de convaincre les autres. Vous voyez ? C'est pathétique mon affaire !

– Qu'est-ce qui est pathétique ?

– Mon romantisme ! Mon fantasme d'être sauvée du rejet par quelqu'un qui va me voir vraiment comme je suis ! Je fais dur.

– Je ne trouve pas. Ça m'apparaît au contraire tout à fait légitime.

Ayoye. Ma gorge brûle.

– *Anyway*, ça règle pas mon problème…

– Quel problème ?

Allô ? Comment ça, quel problème ?

– C'est de l'humour, ça ? Vous devriez me laisser ça, c'est vraiment pas votre point fort…

– J'étais sérieux. Je vous demandais à quel problème particulier vous faisiez référence.

Ah ! La tête veut me fendre… C'est quoi son *trip*, à lui ? Je le sais que je croule sous les problèmes ! Pas besoin d'en rajouter !

– On peut pas dire que vous êtes délicat, vous, aujourd'hui ! C'est quoi, là ? Vous voulez me décourager ?

– Pas du tout. J'essaie de vous aider à formuler ce qui vous dérange dans ce qui s'est passé...

– Je suis sur le bord de la porte ! C'est ça qui me dérange !

– ...

– Vous me croyez pas ?

Il me fixe sans aucune expression. Qu'est-ce que je fais, là ? J'y fais des grimaces ? Je lui propose de jouer à « Je te tiens, tu me tiens par la barbichette » ?

– Qu'est-ce qui vous empêche de vous battre ?

Hein ? Quoi ?

– Me battre ?

– Oui... Pour défendre votre publicité. Il me semble que ça ne vous ressemble pas d'accepter un refus aussi placidement.

Placidement. Ah bon. C'est un beau mot, ça, placidement. Ça ressemble à « plate » mais avec quelque chose d'acide... D'ailleurs, parlant d'acide, j'ai dû boire trop de café ce matin... J'ai l'estomac qui chauffe.

– ... Vous ne dites rien ?

Non. Je dis rien. Je me souviens même plus de la question. Ah oui ! Pourquoi je me bats pas... Ah, misère !

– Je sais pas quoi dire... Pourquoi je me bats pas ? Peut-être parce que je suis tannée ? Je vous l'ai déjà dit : je ramollis. J'ai plus envie de me battre... Ça me fatigue, ça m'épuise, ça m'ennuie, même !

– Ça vous ennuie de vous battre pour une proposition dans laquelle vous dites avoir mis beaucoup de vous-même ? Pardonnez-moi, mais j'ai peine à croire ça...

Wô !

– C'est quoi, là ? Vous pensez que je vous mens ?

Quand même ! Y a toujours ben des limites !

– Peut-être vous mentez-vous à vous-même ?

Toi, mon crapaud, fais attention à ce que tu dis !

– Pensez ce que vous voulez, je m'en fous ! J'ai passé plus que la moitié de ma vie à me battre pour mes idées. Avec quel résultat ? Aucun, finalement. Les petites victoires que j'ai remportées m'ont pas fait sentir une once, une plume, un chouia mieux ! Je me bats pas, parce que ça en vaut pas la peine.

– Mais, dans ce cas-ci, on ne parle pas d'idées… Il me semble que la situation est différente…

Comment ça, pas d'idées ?

– Pourquoi vous me dites pas clairement où vous voulez en venir ? Je suis pas d'humeur à jouer aux devinettes !

– Très bien. Ce que je veux dire, c'est que votre publicité est entièrement composée d'émotions, d'images, de souvenirs qui vous sont très personnels et que c'est peut-être pour cette raison que vous semblez incapable de la défendre. Vous m'avez même avoué avoir eu le fantasme de quelqu'un qui ferait ça : vous comprendre et vous défendre. Alors la question que je me pose, que je vous pose, en fait, est la suivante : Qu'est-ce qui vous empêche d'aller jusqu'au bout de votre démarche et de vous battre pour tout ce que vous avez mis dans votre proposition ? De vous battre pour vous-même, finalement ?

– Est-ce que j'ai le droit de consulter mon avocat ?

– Vous vous sentez accusée ?

– Je suis accusée ! D'abord vous m'accusez de mentir, ensuite vous vous servez d'une de mes confidences et vous la retournez contre moi. Vous avez peut-être eu l'impression que je vous faisais confiance plus qu'à papa, mais je vous jure que c'est en train de changer, puis pas mal vite, à part de ça !

Je tremble comme une feuille. Je dois faire de la fièvre… Faut que je m'en aille d'ici.

Je me lève et remets mes souliers. Il a l'air estomaqué, se lève aussi.

— Vous partez ?

— Je suis malade.

— Vous m'en voulez ?

— Pas du tout ! Vous avez droit à votre opinion. De toute façon, je vous paie pour ça, hein ?

— Bien sûr. Mais je préférerais que mon opinion ne vous blesse pas au point de vous faire fuir.

— Je vous l'ai dit : Je suis malade. Je suis fiévreuse. Regardez-moi trembler…

Je tends mes mains pour lui faire voir. Mais tout de suite, je les ramène à moi, à mon visage en fait, et je pars à pleurer. Je reste là à sangloter, debout devant ma chaise, comme une petite fille en pénitence. Quand je rouvre les yeux, il est encore devant moi. Il n'a pas bougé.

— Je vous en prie… Asseyez vous quelques minutes…

Quelle douceur dans sa voix !

— Je vous l'avais dit que j'étais fragile. Les grosses lettres rouges…

— Pardon ?

— Comme les lettres rouges dans ma pub…

Qu'est-ce que je raconte ? Il va penser que je délire.

— … Appelez pas le 911, là. C'est juste que…

— Vous êtes bouleversée.

— Ouais ! J'avoue. Pourquoi vous m'avez dit ça ? Que je suis pas capable de me battre pour ma pub ?

– Vous croyez que j'ai tort?

Ça me coûte de l'admettre, mais…

– Non. Vous avez raison. Mais vous avez l'air de savoir pourquoi, tandis que moi… ben, comme d'habitude, je comprends rien. Si je vous donne dix dollars de plus pour la consultation d'aujourd'hui, allez-vous me le dire?

Il rigole un bon deux minutes, me lançant de temps en temps un regard qui essaie de retrouver son sérieux, mais qui s'embue aussitôt, noyé par de bonnes larmes d'hilarité.

Ça fait combien de temps que j'ai pas ri de même, moi?

– Excusez-moi…

Pauvre homme, il est crampé! Il doit pas rire souvent pour me trouver aussi drôle…

– Ou bien, on pourrait faire du troc, vous et moi! Je pourrais vous faire rire, et vous, vous m'expliqueriez ce qui se passe dans ma vie et que je suis trop tarte pour comprendre… Ça serait pas un bon *deal*, ça?

– Vous payez déjà pour la consultation… Pourquoi avez-vous besoin d'un autre *deal*?

Pourtant vrai. Pourquoi j'ai dit ça?

– Vous sentiriez-vous plus à l'aise si vous aviez l'impression que vous m'apportez quelque chose, à moi aussi? Qui vous dit que ce n'est pas le cas?

– En tout cas, je vous fais rire.

– Et bien d'autres choses.

Ah bon.

– …

– On va devoir terminer bientôt… Mais avant, j'aimerais qu'on essaie de comprendre votre manque de combativité par rapport à votre projet.

Comme c'est bien dit.

– Je suis certaine que vous avez une hypothèse.

– Oui. Vous voulez l'entendre ?

Shoot !

– … Eh bien… Tantôt, vous m'avez demandé ce que je pensais de votre publicité. J'avoue que j'ai répondu un peu à côté de la question. Volontairement. J'attendais de savoir comment ça s'était passé. Mais, maintenant, je vais vous répondre vraiment. Je pense que vous avez mis dans votre proposition toute la souffrance de votre enfance. C'est cela que vous vouliez faire entendre. Votre slogan disait : «… Il est temps de prendre votre revanche… » Pour vous, la véritable revanche aurait été que quelqu'un reconnaisse cette souffrance-là. Mais ça n'a pas été le cas, et j'en suis désolé pour vous. Et je crois que si vous ne vous êtes pas battue, c'est parce que vous n'avez jamais appris à faire respecter vos émotions, seulement vos idées. Voilà.

Quand j'ai eu fini de pleurer, il était temps de partir.

L'imposteur

Vous avez battu un record, la semaine dernière…
Me faire pleurer trois fois en une heure, c'est tout un exploit!

— …

— Le pire, c'est que j'ai à peu près pas arrêté de brailler depuis… Ça fait que là, je suis au bord de la déshydratation..

— …

— On dirait que j'y prends goût. Je sais pas… Il y a quelque chose dans les larmes de… rassurant. C'est chaud, c'est salé, c'est un peu sur… Comme des frites avec du vinaigre. J'adorais ça, plus jeune. Avec ma chum Suzanne, on allait manger une frite au petit restaurant du coin, et on versait presque toute la bouteille de vinaigre dedans! C'était divin! Vous avez perdu votre langue?

Non mais, c'est vrai! Il reste là, muet comme une carpe, pendant que je lui débite mes conneries…

— Eh bien, je vous écoute…

— Si je vous raconte des jokes de Newfies, vous allez écouter aussi?

— Vous avez l'impression de ne pas être intéressante?

— Non, j'ai l'impression d'être insignifiante…

– Pourtant, pour moi, il y a du sens dans ce que vous dites…

– Dans le fond, quand je viens ici, je devrais pas me préoccuper de moi, hein ? Pourvu que vous, vous soyez content, c'est ça qui compte !

– Comme avec votre père…

– Ouais ! Pareil !

– Qu'est-ce qui vous empêche de vous sentir satisfaite de ce que vous me confiez ?

– Toujours la même raison : j'ai pas de but. Je sais toujours pas pourquoi je viens ici, ce que ça me fait – à part me faire brailler une fois de temps en temps –, puis, surtout, quand est-ce que je vais trouver qu'il est temps d'arrêter…

– Vous avez besoin de ça ? Des raisons ?

– Oui ! Un plan de match, comme ils disent. Mais là, j'ai rien… Je suis en pleine improvisation. J'haïs ça. J'en faisais de l'impro au cégep : ça me rendait malade. Deux jours avant chaque partie, j'avais la chiasse, puis les deux jours qui suivaient aussi… L'enfer.

Tu lui parles encore de tes intestins, ma pauvre fille… Je suis sûre qu'il t'en demandait pas tant !

– … Excusez-moi pour la chiasse. Vous allez penser que c'est une obsession chez moi.

– Je dirais plutôt que c'est la peur de déplaire aux gens à qui vous tenez qui est une obsession.

Paf.

– … Mais ce que je me demande, c'est comment vous vous y prenez pour évaluer les risques…

Hein ?

– Je comprends pas, là.

– Prenez… moi, par exemple.

Ben oui, tiens, pourquoi pas ? M'énerve, lui…

– … Au nom de quel principe jugez-vous que tel ou tel sujet, ou telle ou telle façon de vous exprimer risque de me déplaire ? Quels sont vos critères ?

– Vous croyez que je pense à ça ? Je suis obsessionnelle, mais pas à ce point-là !

– Bon. Vous n'y pensez pas avant. Mais quand vous regrettez de m'avoir dit quelque chose, c'est pour quelle raison ?

– Ça dépend ! Des fois, je me trouve tarte, d'autres fois, je trouve que je dis n'importe quoi sauf ce qui est important, puis des fois, j'ai peur que…

Voyons donc ! Tu vas pas lui dire ça !

– Que ?…

Si tu penses qu'il va te laisser tranquille maintenant que t'as parlé de « peur » ! Vas-tu finir par apprendre à te la fermer ?

– Ahh… Je sais pas…

– Vous avez peur que je vous juge ?

Ouf. Pour une fois, il est à côté de la plaque ! Mais c'est une bonne piste…

– Pourquoi vous me jugeriez pas ? Tout le monde le fait !

– C'est si terrible d'être jugée ?

– Ben !

– Et être jugée par moi, c'est particulièrement terrible ?

Oh oh. Où est-ce qu'il s'en va, là ?

– Ben ! Vous savez comment je veux toujours paraître intelligente…

– Comme devant votre père…

– En plein ça !

– …

Il me regarde d'un drôle d'air. On dirait qu'il hésite entre m'envoyer promener ou me chicaner. En fait, j'ai l'impression très nette qu'il ne me croit pas… *Go !* Réagis !

– C'est votre nouvelle approche, ça ? Vous me posez des questions, puis vous mettez en doute mes réponses ? J'en reviens ben, là ! Pourquoi vous me faites pas passer au détecteur de mensonges ? Ça serait pratique pour vous, en plus ! Vous auriez quelque chose à faire pendant que je vous débite mes conneries. Vous seriez pas obligé d'avoir l'air intéressé et compatissant…

– Là, c'est vous qui m'accusez de mentir…

Une voix très douce, presque triste. Mais je commence à le connaître. S'il pense qu'il va me faire pleurer à matin !

– Oubliez ça ! Ça marche plus vos petits trucs ! Je suis peut-être pas mal fuckée, mais je suis pas folle ! Je vois clair dans votre jeu.

– Et qu'est-ce que vous voyez ?

Baveux en plus !

– Vous me poussez à bout, et après, vous me faites du chantage émotif pour que je me sente coupable d'avoir été bête.

– Et mon but là-dedans, ça serait quoi ?

– Je l'sais-tu moi ? J'ai pas l'esprit aussi tordu que vous autres !

Vous autres ? De quoi tu parles !

– Nous autres ? De qui parlez-vous, exactement ?

Bon. Du calme. Perds pas les pédales.

– De tous ceux qui jouent avec ma tête ! Ça fait pas mal de monde, finalement ! À l'agence, par exemple. Ils me poussent à bout en faisant semblant qu'ils admirent mon énergie, mon *guts*, comme ils disent ! Mais quand je vois trop clair dans leurs combines, ça fait pas leur affaire ! Là, tout à coup, je deviens ben ben méchante! Là, j'ai un problème d'attitude, j'accepte pas la critique, j'apporte des mauvaises vibrations dans le groupe : toute la poutine mal digérée des cours de croissance personnelle et de *management* d'entreprise!

Bon. La poutine qui retontit encore… Il va vraiment te prendre pour une fêlée… Envoye, enchaîne!

– … D'ailleurs, en passant, j'ai suivi votre conseil de la semaine dernière. J'ai essayé de me battre pour ma pub. Eh bien, le seul résultat que j'ai eu, c'est qu'ils m'ont accusée de pas savoir reconnaître mes erreurs et de vouloir «bloquer la relève»! Savez-vous pourquoi? Parce qu'ils ont refilé le dossier au jeune Laveau – ce qu'ils voulaient faire depuis le début, de toute façon.

– Ce n'était pas un conseil…

C'est ça, défends-toi!

– De toute façon, le résultat est le même. J'ai failli leur dire que je m'en allais, mais j'ai changé d'idée. Tant qu'à me sentir mal, j'aime mieux avoir une job que d'être sur le chômage.

– Vous pourriez trouver un autre emploi…

– En théorie, oui… Avec le C.V. que j'ai, sans problème! Mais…

Ah misère! Pourquoi j'ai parlé de ça, là?

– Mais?

– Pour résumer, disons que j'ai pas l'énergie qu'il faudrait pour faire des démarches d'emploi. Je vous l'ai dit : c'est une jungle! Il faudrait que je reprenne mon personnage de louve, et je suis pas capable… Pas mal plus proche de la brebis que du loup, laissez-moi vous dire. En fait, pour être franche, je suis complètement à plat.

– J'en suis désolé.

Ben oui! Ben oui! Ça change quoi dans ma vie que tu sois désolé?

– Ça change quoi dans ma vie, ça?

– Pardon?

– Que vous soyez… désolé! Hein? Je pensais pas que je venais ici pour faire pitié…

– Vous veniez pourquoi?

– Je le sais pas, mais pas pour ça, certain! Pas plus que pour passer mon temps à me défendre et à calculer ce que je vous dis pour pas que mes paroles se retournent contre moi!

– On revient donc au sujet de départ…

– Comment ça?

– Pourquoi vous me dites ou non quelque chose, ou pourquoi, parfois, vous regrettez vos paroles…

Œil de Lynx frappe encore! Veux-tu ben me dire pourquoi je m'obstine à essayer de le perdre? Pour moi, il est génétiquement modifié, lui! Ça se peut pas, être aussi tenace. C'est presque une obsession… Tiens donc!

– Chacun ses obsessions, hein? Moi, je veux pas déplaire, et vous, vous voulez pas perdre le fil!

– Vous êtes très perspicace… C'est effectivement une préoccupation constante chez moi. Je ne dirais pas, toutefois, que c'est une obsession… Disons une forte propension que je mets au service de mes clients. Mais parfois, comme avec vous, ça crée une irritation…

– Ça vous empêche pas de me faire le coup sans arrêt… Vous, la peur de déplaire, ça vous empêche pas de dormir, hein?

– Je n'aime pas ça, mais ça ne me détourne pas de mes objectifs…

– Vos objectifs? Des objectifs de quoi? Je suis

quoi, moi ? Une automobile sur une chaîne de montage ? Vous faites du contrôle de qualité ?

Maudit que t'es bête ! Pourquoi est-ce qu'il faut toujours que tu varges sur quelqu'un ?

– … Je veux que vous sachiez une chose : je regrette toujours les vacheries que je vous lance… Je suis pas vraiment méchante, vous savez !

Franchement. Tu te cales.

– Je sais. Sauf avec vous-même…

– Écoutez ! Je fais ce que je peux pour m'endurer ! Si la seule façon, c'est de me brasser la cage un peu…

– Vous brasser la cage, est-ce que ça veut aussi dire n'accorder aucune valeur à vos émotions ?

Bon. Je m'en sortirai pas autrement.

– Qu'est-ce que vous voulez savoir exactement ? Je vais vous le dire. Je vais vous dire tout ce que vous voulez, pourvu que vous me fichiez la paix !

Un sourire papillote dans ses yeux.

– Savez-vous que ce n'est pas commun, une cliente qui demande à son thérapeute de lui ficher la paix ?

– J'ai au moins quelque chose de pas commun… Envoyez ! Posez-là, votre question !

– Qu'est-ce qui vous empêche de dire ce que vous ressentez vraiment, quand vous êtes ici avec moi ? De quoi avez-vous peur ?

Go !

– J'ai peur que vous vous rendiez compte de qui je suis réellement…

– Pourquoi ? C'est si laid ?

– Non, mais c'est sans intérêt. En tout cas, ça vaut pas celui que vous avez l'air de me porter…

– J'avais l'impression que vous ne croyiez pas à mon intérêt.

– Pas tellement, non… Mais au cas où vous en auriez un, oubliez ça ! Vous aurez rien de plus de ma part ! Pas parce que je résiste, parce qu'il y a rien d'autre ! C'est ça que j'ai peur de montrer. Je vous casse les oreilles toutes les semaines avec des petites frustrations bébêtes, des problèmes d'ego puis de job, avec, des fois, des mauvais souvenirs d'enfance, comme tout le monde, mais dont moi, je suis trop stupide pour me débarrasser. Avec des niaiseries, finalement ! Dans le fond, si vous voulez tout savoir, je trouve que je suis nulle. Une nulle ben intelligente, des fois ben drôle, des fois ben rock'n'roll, mais une nulle quand même ! Et je suis sûre que je vous apprends rien… Vous êtes assez intelligent pour vous en être rendu compte tout seul.

Bon. C'était pas si compliqué finalement.

Un petit coup d'œil dans ma direction, puis il fixe l'accoudoir de son fauteuil en se grattant le front avec le majeur de la main droite.

Difficile de savoir s'il réfléchit à ce qu'il va dire ou bien s'il est en train de se demander s'il va faire recouvrir ses fauteuils cette année ou l'an prochain…

– J'aimerais revenir sur un petit point…

Ah bon. Un petit point. J'ai hâte de voir ça.

– … Ce que vous appelez des niaiseries… Est-ce que c'est le fait d'avoir survécu à votre frère aîné, décédé de façon apparemment si tragique que vous avez toujours refusé de m'en parler ? Est-ce que vous parlez de la dépression de votre mère et de la névrose de votre père qui vous a obligée, malgré votre jeune âge, à porter tout le poids émotif de la tragédie que vivait sa famille ? Est-ce que vous parlez du fait que votre mère, pour qui vous avez enduré ces sessions pénibles avec votre père, est maintenant trop malade pour vous reconnaître et vous appelle du nom de votre frère mort depuis plus de vingt ans ? Est-ce que vous pensez réellement que tout le monde a des souvenirs d'enfance aussi… niaiseux ?

Que veux-tu répondre à ça ?

– OK, c'est pas des niaiseries. Mais c'était pas si grave… De toute façon, j'en suis pas morte, ça fait que, y faudrait bien que j'en revienne !

– Il aurait fallu que vous en mouriez pour considérer ce que vous avez vécu comme grave ?

Hein ?

– Je comprends pas, là…

– Je veux vous faire remarquer que vous pourriez vous accorder le crédit d'avoir surmonté tout ça. Si vous n'en êtes pas morte, comme vous dites, c'est peut-être parce que vous êtes forte ? Qu'en pensez-vous ?

Bon. Le retour du jovialiste-motivateur !

– Vous vous trompez. Je suis pas forte. J'en ai juste l'air. En fait, je suis un imposteur, c'est ça que je suis ! Je vous raconte toutes mes histoires et j'essaie d'avoir l'air sincère, authentique… J'essaie même d'avoir l'air névrosée, assez pour être en thérapie, en tout cas. Mais c'est de la *bullshit*… Je vous raconte pas de mensonges, mais j'ai l'impression de jouer un rôle, tout le temps, même quand je pleure, même quand je mords. Je fais toujours semblant ! Ici, au bureau, partout ! Est-ce que ça répond à votre question ?

– Oui, merci.

Puis, plus rien. Il regarde à terre, le tapis, le plancher, les craques, je sais pas. C'est drôle… Quand il me harcèle, j'haïs ça, et quand il me laisse aller sans répliquer, j'haïs ça encore plus ! Surtout quand je viens de lui dire quelque chose que je pense vraiment. Comme ça, là : l'imposteur. C'est peut-être ce que je lui ai dit de plus vrai depuis que je viens ici. Et ça a même pas l'air de l'intéresser ! Pourquoi je me fends la face, moi, au juste ?

– Et quand vous êtes avec votre mère, c'est la même chose…

Même pas une question.

– J'ai dit : partout. Vous avez des problèmes d'audition ?

Non mais !

Il ignore totalement ma remarque. Comme si j'avais rien dit.

– Quelle est votre réaction quand elle vous prend pour votre frère ?

Ah ben là !

– C'est quoi le rapport ? Ma mère a la maladie d'Alzheimer. Si elle me prenait pour une poignée de porte, j'aurais quoi, d'après vous, comme réaction ?

– Il y a tout de même une différence entre votre frère et une poignée de porte, vous ne pensez pas ? Pourquoi vous sentez-vous menacée par ma question ?

– Je vous ai dit que je voulais pas parler de ma mère !

– C'était à la dernière rencontre. J'ai cru qu'aujourd'hui, avec ce que vous venez de me dire, ça serait un bon moment pour y revenir…

– Vous vous êtes trompé. Y en a pas, de bon moment. Ma mère, c'est un *bad trip* qui s'éternise, si vous voulez le savoir ! Elle est assez pesante comme ça, sans que je la traîne ici, en plus ! J'ai le dos large, mais pas à ce point-là !

– Vous ne voulez pas parler de votre relation avec votre père non plus… Ni de votre frère… Est-ce que vous pensez que de les tenir à l'écart de la réflexion que vous avez entreprise avec moi va vous aider à surmonter les blessures de votre passé ?

Quelle réflexion ?

– Quelle réflexion ? Vous y allez un peu fort, là… Moi, j'appelle pas ça une réflexion, ce qui se passe ici…

– Ah non ? Comment alors ?

– Attendez donc un peu, que j'y pense… Un débordement ? Un défoulement ? Une indigestion ?

Tiens, c'est bon, ça : une indigestion ! Ça fait un beau lien avec tout ce que je lui ai dit à propos de mon système digestif…

– La réflexion peut prendre bien des formes… Peu importe le nom qu'on lui donne… Je ne voudrais pas vous brusquer, mais j'aimerais que vous essayiez de répondre à ma question.

– Laquelle ? Je suis pas comme vous, moi ! J'en perds des bouts…

– Pourquoi refusez-vous de parler de vos parents ?

– Parce que ça m'emmerde. Parce que je n'ai plus onze ans. Parce que je trouve ça stupide et infantile, pour une femme de mon âge, d'essayer de mettre sur le dos de ses parents tout ce qui ne va pas dans sa vie. Quand ma mère m'appelle Jean, qu'elle me dit qu'elle attend le camion de livraison de chez Eaton d'une minute à l'autre, avec mes pantalons et mon veston pour mon entrée au collège, je lui réponds que j'ai hâte, puis je la remercie. C'est tout. Je joue son jeu, j'entre dans son monde. J'aime pas ça, mais ça me dérange pas plus que d'imaginer des conneries pour une publicité de désodorisant ou de char. C'est pas de sa faute si elle est malade et si son cerveau a choisi d'oublier que mon frère est mort. Tant mieux pour elle, dans le fond… Alors si je peux l'aider à avoir un peu de bonheur avant de mourir, en lui laissant croire que son Jean est encore là, qu'est-ce que ça me coûte ? Pas grand-chose. Moi, je suis en vie. Je me suis pas pendue dans ma chambre à cause d'un pari entre petits gars qui a mal tourné. Moi, je l'ai faite, mon entrée au collège, puis après, à l'université. Maintenant, j'ai une bonne job, de l'argent, et je peux même me payer un psy ! Alors, ça me dérange pas de prendre la place de mon frère pour une heure, une couple de fois par semaine. Comprenez-vous ça ?

– Oui, très bien. Mais…

Mais. Je sais tout de suite que je vais haïr ça !

– … si ça ne vous dérange pas de prendre la place de votre frère aujourd'hui, j'imagine qu'à onze ans, ça n'a pas dû être facile…

Quoi ?!

– J'ai pas pris sa place ! Merde !

Du calme. Pas besoin de crier…

– Qu'est-ce qui vous fâche ?

– J'ai pris la place de personne ! J'ai même pas pris la mienne, ciboire !

Au diable la politesse. Ça, ça passe juste pas !

– … Vous voyez ? Vous recommencez ! Quand je vous parle sincèrement, vous en profitez toujours pour me tomber dessus avec vos accusations ! Même si vous les déguisez en questions, je les comprends pareil, les jugements que vous portez sur moi !

Je me lève, parce que, sinon, je vais brûler le tissu de son fauteuil, tellement j'ai le feu au cul ! Il me regarde, les yeux ronds, pendant que je marche dans le bureau en criant comme une perdue…

– Je me fous bien que vous pensiez que je me défoule sur vous comme si vous étiez mon père ou ma mère ! Vous avez pas le droit de dire n'importe quoi parce que vous êtes un psy, vous savez ! Vous avez aucun droit, d'ailleurs ! Sauf ceux que je vous accorde. Puis ça s'adonne que je vous accorde pas celui de réécrire mon histoire à votre façon ! J'ai pris la place de personne ! Pourquoi vous dites ça, merde ? !

Je m'écrase dans le fauteuil. Je pleure même pas. J'ai juste l'impression d'avoir avalé un artichaut. Là, il doit être content ! Il voulait voir à quoi ça ressemblait, une de mes colères ?

— Comment vous sentez-vous ?

— Très bien merci. Vous-même ?

Si tu penses que je vais te donner des détails, en plus !

— Je ne voulais pas vous mettre en colère, Béatrice…

Béatrice. Bizarre. Je me sens « vraie » quand il m'appelle comme ça…

— Pas grave. Ça fait du bien, finalement. Allez vous l'écrire dans votre beau cahier en cuir, que j'ai fait une vraie colère ? Ça doit être valorisant pour vous, hein, d'avoir réussi à me faire perdre le contrôle ? Comment ils appellent ça, déjà ? Une catharsis ?

— Vous pensez que mon but est de vous faire perdre le contrôle ?

Bon, on va-tu recommencer à parler juste de lui, là, ou quoi ?

— Votre but m'intéresse pas, si vous voulez le savoir ! Mais j'aimerais bien que vous m'expliquiez ce qui vous fait dire que j'ai pris la place de mon frère.

— Je me suis peut-être mal exprimé…

Ben oui ! Ben oui !

— Dites-le donc, là ! Je vous promets que je ferai pas d'autre crise…

– Vous n'avez pas de promesse à me faire… Je vous rappelle que vous êtes ici chez vous…

– Bon, eh bien… *Be my guest !*

Petit sourire… C'est vrai que j'aime ça, l'amuser.

– C'est une intuition que j'ai eue… À travers ce que vous me disiez, j'ai senti que vous vous étiez retrouvée à combler sa place, d'une certaine façon…

– Je vous en ai même pas parlé, de mon frère ! Je vois pas ce que j'ai pu vous raconter, pour vous donner une intuition aussi farfelue !

– Eh bien… À plusieurs reprises, vous m'avez dit avoir l'impression de jouer un rôle… Avec votre père, il vous semblait que ce n'était pas vous qu'il voyait… Votre mère vous prend pour votre frère… Et finalement, tout à l'heure, vous m'avez dit quelque chose avec une intensité que je vous ai rarement vue…

– Quoi ? Qu'est-ce que j'ai dit ?

– « Je suis un imposteur »…

Ah.

Les faits et rien d'autre

J'aurais peut-être dû lui envoyer ça par fax... Il l'aurait lu avant que j'arrive. Là, ça fait au moins quinze minutes qu'il me lit dans la face. Ça revient cher du mot...

Qu'est-ce que tu racontes ! T'es ben *cheap* !

Dans le fond, c'est pas ça qui t'énerve... Avoue-le donc que t'as peur de sa réaction. De toute façon, qu'est-ce qui t'a pris d'écrire tout ça ? T'aurais pas pu faire comme d'habitude et travailler ou faire des patiences ?

– Je voulais pas nécessairement que vous lisiez ça tout de suite. C'est juste une idée qui m'est venue cette nuit. Vous avez raison, je refuse toujours de parler de ma famille. C'est absurde. J'ai pensé que ça serait peut-être plus facile pour moi d'écrire... Qu'est-ce que vous en pensez ?

– De l'idée ?

– De l'idée, puis de ce que j'ai écrit.

– Bien... Je n'ai pas tout à fait terminé, mais si votre idée était de me renseigner sur les événements passés de votre vie, c'est très bien.

Quelle sorte de réponse que c'est, ça ? Lui, là...

– Et si mon but, c'était autre chose ?

– Comme quoi, par exemple ?

– Je peux pas croire que vous savez pas de quoi je parle ! Vous faites exprès ou quoi ?

– …

– Je voulais vous parler de moi, de ce que j'ai vécu, de ce qui m'a marquée… C'est pas évident ?

– Nous pouvons en parler, si vous le voulez…

Froid comme une barbotte.

– J'ai manqué mon coup ? C'est ça ? Vous pouvez me le dire, vous savez !

– Ce n'est pas à moi de juger de cela. Comment vous êtes-vous sentie après ?

– Fatiguée… J'ai passé la moitié de la nuit là-dessus…

– Je voulais parler de vos sentiments…

Il va pas recommencer à me picosser, là ?

– Quoi, fatiguée, c'est pas assez ? Vous avez besoin de quelque chose de plus dramatique ? Épuisée, exténuée, harassée ? C'est ça qu'il vous faut ?

Tiens ! Si tu penses que tu vas me prendre de haut, mon vieux snoreau, tu te trompes !

– Il ne me « faut » rien. C'est seulement que… Je vous interroge sur vos sentiments et vous me répondez par des sensations.

C'est quoi, là ? Un cours de français 101 ?

– Vous cherchez la chicane à matin ? Je veux bien faire des efforts pour me comporter de façon civilisée, mais vous m'aidez pas ben ben…

– Vous pouvez vous comporter comme vous le voulez… Je ne vous juge pas et je n'ai aucun reproche à vous faire. Dites-moi plutôt… Quelles étaient vos attentes en me donnant votre texte ?

– Je m'attendais à ce que ça vous intéresse ! Ça fait des semaines que vous essayez de me faire parler de mes parents, de mon frère, de tout le *bad trip* de ma jeunesse ! Je pensais que vous seriez content ! Je m'attendais, en tout cas, à d'autre chose que votre grande face plate qui lit ce que j'ai écrit avec mes tripes comme si c'était un rapport financier !

– Avec vos tripes ? Pardonnez-moi, mais je n'ai rien lu de tel jusqu'à présent…

Ah bon.

– Vous vous prenez pour qui, vous ? Un critique littéraire ? Qu'est-ce que vous savez de ce que j'ai mis dans ce texte-là ?

Il me regarde un temps, sans aucune expression.

– J'en sais ce que j'ai lu. Si j'ai appris beaucoup sur les circonstances factuelles de votre enfance, je n'ai rien lu qui me parle de ce que vous éprouviez au moment où se déroulaient ces événements. D'ailleurs, si j'ai essayé de vous faire parler de votre frère, ou de vos parents, c'est parce que c'est vous qui m'intéressiez, pas eux.

Bon bon. Un petit air de violon avec ça ?

Il reprend les feuilles qu'il avait déposées sur la petite table à sa droite. Il lit un passage, tourne une page, lit de nouveau…

Je l'étriperais ! Juste comme j'ouvre la bouche pour lui dire je ne sais quoi, mais rien d'aimable, il parle. En fait, il lit…

– « C'est papa qui prescrivait à maman ses calmants. Elle est devenue très vite dépendante, mais papa ne faisait rien pour contrôler sa consommation. Par contre, il insistait auprès de moi pour que je l'empêche de boire de l'alcool. Il disait que c'était l'alcool qui lui faisait du tort, et non les calmants. Mais, passant la plus grande partie de mes journées à l'école, je ne pouvais pas contrôler ce que maman buvait. Et comme papa était souvent de garde à l'hôpital le soir, tout ce que je pouvais faire, c'était de m'occuper d'elle quand elle était trop saoule, et de l'emmener se coucher avant que papa arrive. Pas évident, parce qu'elle avait pris beaucoup de poids après la mort de mon frère. Je me suis souvent blessée au bras en la transportant, parce que je forçais mal. Mais, au moins, en la mettant au lit de bonne heure, je n'avais pas à subir les reproches de mon père quand il rentrait de l'hôpital et la trouvait ivre morte, écrasée dans son fauteuil, la bouche ouverte et le dentier décroché… »

C'est bizarre pas à peu près de l'entendre me lire ça… Comme s'il s'agissait d'événements arrivés à quelqu'un d'autre…

– Qu'est-ce que vous faites, là ? Pensez-vous que je me souviens pas de ce que j'ai écrit ? J'étais très lucide, vous savez… Je suis pas comme ma mère, moi, je prends pas un coup !

Voyons donc ! Tu parles d'une niaiserie à dire !

– Je sais… Vous n'avez pas les moyens de vous enivrer.

Hein ?

– … Les moyens émotifs, bien entendu… Quand on est responsable d'un adulte à onze ans, on développe le réflexe de jamais « se lâcher lousse », comme vous disiez l'autre jour… On ne boit pas quand on est « de garde »…

– De quoi vous parlez ?

– Votre père était de garde à l'hôpital, et vous, auprès de votre mère.

– Ouais… C'est une façon de voir les choses… Vous pensez que c'est pour ça que j'ai jamais supporté l'alcool ? Moi, je croyais que c'était mon foie.

– Oui, parfois, nos organes comprennent mieux que nous.

Ah non ! C'est pas vrai ! Il va pas me sortir sa psycho de *Reader's Digest* !

– Selon vous, combien mes organes me chargeraient pour m'expliquer tout ce que j'ai pas compris ?

– Vous ne trouvez pas qu'ils vous font déjà payer assez cher ?

– C'était une blague…

– Le bras que vous vous blessiez en vous occupant de votre mère, c'était le droit ?

Hein ? Rapport ?

– Euh… oui. Je suis droitière.

– Des tendinites, vous en avez fait combien, les dernières années ?

– Vous trouvez pas que vous poussez un peu, là ?

– Peut-être… Mais avec des cas comme le vôtre, qui ont de la difficulté à parler de ce qu'ils éprouvent, il est parfois efficace d'interroger le corps, qui lui se fait une spécialité de ressentir et de se souvenir…

« Des cas comme le mien » ? « Efficace » ? Tu parles d'une façon de s'exprimer ! Je suis tellement enragée que je suis incapable d'articuler le moindre son. Mais lui, comme si de rien n'était, replonge dans sa lecture… Qu'est-ce que je fais ? Je saute dessus, je lui arrache mon texte des mains et je me sauve en courant ? Non non non ! Je vais étouffer si je lui dis pas ma façon de penser ! Tout de suite !

– Ça vous arrive souvent de traiter vos clients de « cas », ou c'est seulement avec moi que vous êtes aussi odieux ?

– Je n'avais pas d'intention malveillante. Qu'est-ce qui vous blesse ?

– Vous parlez de « cas » puis d'« efficacité » comme si j'étais un numéro sur une liste de problèmes à régler ! Continuez à me traiter comme ça, et vous allez voir que c'est efficace en pas pour rire pour que le « cas » décrisse d'ici au plus sacrant !

– Qu'est-ce qui vous retient ?

Cherche-moi pas, toi !

– Je veux comprendre pourquoi vous vous acharnez sur moi. Je fais des efforts, quand même ! Je vous apporte dix pages de souvenirs, toute l'histoire de mon enfance, puis vous êtes pas encore content ! Vous me dites que je suis pas capable d'exprimer mes émotions, vous me parlez comme si j'étais rien, un numéro de dossier ! Vous me manipulez exprès pour me faire sauter ma coche. C'est ça, votre idée d'une thérapie ? Écœurer le client jusqu'à ce qu'il craque ? Vous avez besoin de sang pour avoir l'impression d'être efficace ? Ou bien est-ce que c'est seulement parce que vous êtes vieux et que ça vous en prend plus qu'avant pour avoir des sensations ? Hein ? C'est ça ? Si vous me faites pas chier, vous vous ennuyez ? Pourquoi vous regardez pas les *reality shows* à la télé, à la place ! Là, y en a des cas ! Des beaux, à part ça !

– Qu'est-ce que vous faisiez, après avoir couché votre mère ?

Comme si j'avais rien dit… Comme si je venais pas de l'envoyer au diable !

– Qu'est-ce que vous faites, là ?

– Si vous voulez bien me répondre, peut-être allez-vous comprendre pourquoi je « m'acharne sur votre cas ».

Un bref sourire et un regard très doux…

– … Allez, vous le savez, pourtant, que je ne vous veux aucun mal…

– Vous êtes sûr de votre coup, hein ?

– Oui. Et c'est vous-même qui m'accordez cette confiance. Vous ne m'auriez pas apporté ce document, sinon. Vous savez que je peux vous aider à comprendre ce que vous avez écrit.

Comprendre ce que j'ai écrit ? Ah ah. Elle est pas pire, celle-là !

– OK. C'était quoi, la question ?

– Après avoir couché votre mère, lorsqu'elle avait trop bu, que faisiez-vous ?

– Ça dépendait de l'heure… En général, je finissais mes devoirs et je me couchais. Puis, j'attendais que…

Stop. Tu ferais mieux de pas parler de ça.

– Oui ? Vous attendiez que ?…

– Que je sois assez fatiguée pour m'endormir.

– Il était quelle heure ?

– Je sais pas… Onze heures…

– Qu'est-ce qui vous empêchait de ressentir la fatigue ?

– Je comprends pas votre question…

Ha ! C'est ça ! Fais l'innocente !

– À onze ans, il me semble qu'on est fatigué à cette heure-là… Est-ce que quelque chose vous empêchait de dormir ? Une inquiétude ? Une peur ?

Envoye donc ! Dis-lui ! C'est pas si terrible… C'est même normal.

– J'attendais que mon père rentre.

– Ah bon. Je comprends.

Ah oui ?

– Qu'est-ce que vous comprenez ?

– Que vous vous sentiez seule et peut-être un peu apeurée.

Un peu ?

– En fait, pour être franche, je capotais. Tant que j'étais debout, que je m'occupais de maman, que je faisais la vaisselle, mes devoirs, que je parlais à mon amie au téléphone, ça allait. Mais dès que j'entrais dans mon lit, je paniquais. J'écoutais tous les bruits, tous les sons, et j'accumulais les déceptions parce que c'était jamais mon père qui rentrait. Savez-vous ce que je faisais ? Je m'assoyais sur le rebord de la fenêtre de son bureau, qui donnait sur la rue et l'entrée de garage, puis je guettais toutes les autos qui passaient. Des fois, je réussissais à dormir un peu, comme ça, le front appuyé sur la vitre… L'hiver, je me gelais le front, des fois. Puis, tout à coup, je me réveillais, comme à un signal, quand l'auto de papa arrivait. Je courais me coucher, puis, de mon lit, je l'écoutais faire sa routine. Il se préparait un café, allumait une cigarette – j'entendais le bruit de son briquet –, il allait voir dans la chambre de ma mère si elle dormait, il ouvrait la télé, la regardait un peu quelques minutes, feuilletait le journal… Je m'endormais toujours avant qu'il se couche.

– À quoi pensiez-vous en vous endormant ? En avez-vous un souvenir précis ?

Mets-en, chose ! Plus précis que ça, c'est une radiographie ! Bon. Est-ce que je lui dis ? Au point où j'en suis…

– Oui, je m'en souviens. Vous allez beaucoup aimer ça… J'imaginais que papa venait me voir dans ma chambre, pendant que je dormais. En fait, j'aurais pas dormi, j'aurais fait semblant… Il me bordait et me donnait un bec sur le front. Est-ce que c'est assez œdipien pour vous, ça ?

– Je ne sais pas. Ça me semble très légitime comme désir. Et est-ce qu'il l'a déjà fait ?

– Quoi ?

– Aller vous voir.

– Non. Jamais. Mais ça m'a pas empêchée de fantasmer là-dessus pendant des années…

– Et aujourd'hui, vos insomnies, comment les habitez-vous?

Paf. J'aurais dû me douter qu'il s'en allait quelque part…

– Vous là!… Pourquoi est-ce qu'il faut que vous rameniez toujours tout à mon enfance? C'est maniaque, votre affaire!

– Vous m'avez apporté ce texte de vous-même…

– C'est la dernière fois que je prends une initiative comme ça, croyez-moi!

– Alors? Vos insomnies?

Encore une fois, comme si j'avais rien dit… C'est quand même étonnant à quel point il est sûr de lui. Moi, me faire dire la moitié de ce que je lui ai dit depuis vingt minutes, je me la fermerais, je dirais plus un mot, je serais même plus là! Je serais retournée au bureau et me serais lancée dans une quelconque activité qui me donnerait l'impression de pas être complètement nulle.

Ouais, c'est ça: j'aurais travaillé. D'ailleurs, ma vieille, si tu veux être honnête avec toi-même pour une fois, tu avouerais que c'est aussi ce que tu fais quand t'es pas capable de dormir, la nuit: tu travailles!

Go! Crache!

– Quand j'arrive pas à dormir, je travaille. Je note des idées, j'écris des petits textes… Comme ça, au moins, mon insomnie sert à quelque chose!

Ayoye. Qu'est-ce que je viens de dire? Celle-là, elle passera pas inaperçue, certain!

– Oui, parce que vous devez absolument servir à quelque chose, n'est-ce pas?

– Tout le monde doit servir à quelque chose, pas juste moi!

– Mais c'est pas tout le monde qui se rend malade pour ça, cependant…

– Je suis pas malade !

– L'insomnie est une maladie… ou un désordre, si vous préférez.

– Ben, je connais un maudit paquet de monde qui est malade, d'abord !

– Vous en connaissez combien qui suivent une psychothérapie à cause de leur insomnie ?

– C'est pas à cause de… J'avais écrit ça comme ça !

– Je sais… Mais votre trouble du sommeil a quand même été le déclencheur de votre démarche. Peut-être considériez-vous que l'insomnie était une raison valable, légitime et reconnue ?

– Vous allez pas revenir là-dessus jusqu'à la saint-glinglin, j'espère ? Pourquoi vous me fichez pas la paix avec ça ?

– Ça, quoi ?

– Mes raisons de venir ici !

– Tant que vous continuerez à venir me voir, j'essayerai de savoir pourquoi, Béatrice… Et aussi, de vous aider à vous comprendre vous-même. C'est aussi simple que ça.

Ah, mon Dieu ! Je suis tellement fatiguée…

– … Pourquoi ne vous reposez-vous pas un peu pendant que je finis ma lecture ?

Il va falloir que je me rende à l'évidence : le vieux snoreau lit dans mes pensées.

– Je dis pas non, je suis vraiment épuisée. Mais laissez-moi pas dormir, hein ?

– D'accord…

Je ferme les yeux et, tout à coup, l'énormité du gâchis me frappe de plein fouet. Je suis là, dans le bureau de mon psy, et je me repose pendant qu'il lit le récit de ma vie… Un récit que j'ai écrit pourquoi, au juste ? Pour faire passer une nuit d'insomnie ? Pour me justifier de venir ici ? S'il pense que j'ai pris mes insomnies comme prétexte pour consulter, qu'est-ce qu'il doit penser de tout ce que je raconte dans mon maudit texte ? C'est vrai, pourtant, que ce qui est arrivé à Jean, et tout ça, a fucké complètement mon enfance… Mais pourquoi ai-je l'impression, quand j'en parle, que tout ça est irréel ? Que c'est arrivé à quelqu'un d'autre ? J'ai même l'impression de faire semblant quand je lui laisse entendre que tout ça m'a marquée… Comme je disais la semaine dernière : l'impression de jouer un rôle… d'être un imposteur. Pourquoi je me crois pas moi-même quand j'essaie d'expliquer ce que ça m'a fait ? D'ailleurs, ça me fait vraiment chier de l'admettre, mais il avait raison tantôt : pas une once d'émotion dans mon texte. Tout écrit comme une liste d'épicerie, ou, pire encore, comme un rapport d'autopsie : perforation ici, sous la quatrième côte, fracture à la deuxième vertèbre cervicale, balle entrée par l'omoplate et ressortie par le cœur…

Ouais, un rapport d'autopsie, c'est exactement ça ! Une autopsie, on la pratique sur un mort… Et moi, dans le fond, c'est un peu comme si j'étais morte… *Heavy.*

— Excusez-moi…

Tiens ! Il est encore là, lui ? J'ouvre les yeux avec difficulté… J'ai dormi ou quoi ?

— Oui ? Vous avez fini ?

— Non, pas tout à fait. Mais j'aimerais vérifier quelque chose… Si ça ne vous dérange pas…

Ben voyons ! Tout le plaisir est pour moi !

– Je vous garantis pas que je vais pouvoir vous aider. Il me semble, tout à coup, que ça fait une éternité que j'ai écrit ça !

– Si vous permettez, je vais vous lire un passage… « Il s'enfermait dans sa chambre avec ses amis François et Pete, et ils jouaient à des jeux que je trouvais étranges et dangereux. Jean s'enfonçait des aiguilles dans les mains, dans les bras, dans les joues et se targuait de ne rien sentir, pas un soupçon de douleur. Il disait qu'il était un fakir et projetait même de s'introduire une longue aiguille dans le cœur. À tour de rôle, ils se faisaient perdre connaissance en arrêtant de respirer, en s'effectuant mutuellement des pressions sur la carotide ou en s'hyper-ventilant. Ils ne me laissaient jamais entrer dans la chambre quand ils étaient ensemble, mais, une fois, par erreur sans doute, ils avaient laissé la porte ouverte et j'avais assisté à une de leurs sessions d'asphyxie. Quand François, sur lequel j'avais un petit kick, était tombé dans les pommes, j'avais crié et ils m'avaient découverte. Jean m'avait menacé des pires châtiments si je disais quoi que ce soit à papa à ce sujet-là… »

Ben oui, ben oui ! Vas-tu finir par la poser, ta question ?

– Qu'est-ce que vous voulez savoir ?

– J'y arrive… Vous poursuivez en racontant les circonstances de la mort de votre frère, puis vous écrivez : « Si papa avait pensé que d'inscrire Jean dans un collège privé était la meilleure façon de le détourner de ses petits jeux masochistes, il s'est rendu compte assez vite et de la pire des manières qu'il s'était trompé. » Ce qui me frappe dans ce que vous avez écrit, c'est que…

Il s'interrompt et me regarde fixement. On dirait qu'il ne me voit pas, moi, mais plutôt les mots qu'il s'apprête à prononcer, comme s'il les lisait sur un écran d'ordinateur.

Ah, misère. J'aurais dû me douter qu'il accrocherait là-dessus, sur le seul point d'ombre de mon rapport d'autopsie. Qu'est-ce que je fais ? Je prends les devants ou je subis la torture avant de finir par cracher le morceau ?

— Oui.

— Pardon ?

— La réponse est : « Oui. » J'ai stoolé Jean. J'en ai parlé à papa. Je lui ai tout raconté. Et je veux pas dire un mot de plus là-dessus.

— Bien.

— Vous devez être content, là, hein ?

— Euh… De quoi exactement ?

— J'avais ça sur le cœur depuis longtemps… Ma trahison. Vous trouvez pas que c'est bon signe, que j'aie enfin réussi à l'avouer ?

— Je ne sais pas… Comment vous sentez-vous ?

Coudon ! Est-ce qu'il va me lâcher avec ça, aujourd'hui ?

— Vous pourriez pas changer de question ? Qu'est-ce que ça change, comment je me sens ?

— Ça change tout, vous le savez bien…

Eille ! Tu vas pas commencer à me faire la morale, toi, mon vieux crapaud !

— J'haïs ça quand vous prenez votre ton de professeur d'école.

— …

— Vous vous en foutez, hein ? Vous, vous avez une job à faire, peu importe ce que j'en pense ! Pourvu que ça soit « efficace » !

– Je ne m'en fous pas. Mais vos émotions face à ce que vous avez vécu dans votre passé me semblent plus importantes que vos réactions – d'ailleurs très normales – à la relation thérapeutique.

– Normales ? Vous trouvez ça normal, vous, que je pète ma coche au moins une fois par rencontre ?

– Pour vous, oui…

Qu'est-ce que ça veut dire, ça ?

– Je suis une hystérique incontrôlable, c'est ça ?

– Pas du tout. Mais je crois que la colère est la seule émotion que vous vous donnez le droit d'exprimer.

– Ah… Parce qu'il y en a d'autres ?

Un peu de sarcasme a jamais fait de tort à personne.

– Dans votre cas, la colère est la moins menaçante…

– Parce que je suis peureuse, en plus ?

– Pourquoi m'avez-vous donné ce texte à lire ?

Wô, wô ! Vire pas vite de même, tu vas te retrouver sur le capot !

– Pourquoi vous changez de sujet ?

– Disons que je le prends sous un autre angle…

– Ça fait trois fois que vous me posez cette question-là. Pourquoi je vous ai donné ça, qu'est-ce que j'attendais, comment je me sentais… Dites-le donc vous-même, puisque vous avez pas l'air de croire à mes réponses !

– Je crois les réponses que vous êtes en mesure de me donner… Mais je crois aussi que vous pourriez aller plus loin. Et c'est ce que j'essaie de vous aider à faire.

– Plus loin. Genre ?

À mon tour de jouer les barbottes.

– Si on oubliait un peu pourquoi vous avez écrit ce texte…

– Je demande pas mieux, moi !

– … Pour se concentrer sur ce que vous y avez mis effectivement.

– Je vous suis pas…

– Lorsque je lisais, j'ai eu une impression très nette. En fait, plutôt une intuition…

– Ah oui ?

Ben hâte de voir ça !

– Je repensais aux deux publicités que vous m'avez racontées… Mais surtout à ce que vous m'en avez dit après coup.

Ben oui, ben oui, accouche !

– Que c'était de la merde ?

– Non. Que c'est seulement plus tard que vous aviez vu et compris tout ce que vous y aviez mis.

Pis ? Après ?

– Pis après ?

– Eh bien, je pense que c'est la même chose pour votre texte. C'est seulement plus tard que vous pourrez le comprendre…

– Ah bon. Peut-être. Probablement.

Mais, encore plus probable, je comprendrai jamais. Comme d'habitude, quoi !

– Ça va, Béatrice ?

- Hein ? Excusez-moi, j'étais dans la lune. Je suis pas mal fatiguée, là… J'ai pas beaucoup dormi.

Je lui souris. Je sais pas trop pourquoi d'ailleurs. Il me semble que c'est reposant, sourire. C'est simple et ça provoque toujours une réponse aussi simple. Comme maintenant, avec lui. Il me rend tout de suite mon sourire, avec, en prime, des yeux qui se plissent légèrement. Ça lui fait bien, cette dentelle délicate tout autour de l'œil…

– Il est l'heure de terminer.

Bang. Ça me sort, assez raide merci, de mon état contemplatif. Déjà ? Merde. Il me semble qu'il ne s'est rien passé… que le meilleur était à venir. C'est toujours comme ça, avec moi. Il faut que je sois peinturée dans le coin, à bout de forces, pour réussir à croire que ça vaudrait peut-être la peine de me risquer à sortir quelque chose d'un peu vrai, d'un peu senti. Comme là… Non non. Trop tard. Tant pis pour moi !

Sans le regarder, parce que si oui, c'est sûr que je pleure, je remets mes souliers, fouille dans mon sac. Sans le regarder, je lui tends un chèque. Sans le regarder, je me détourne pour saisir ma veste, sur la patère derrière moi…

– On peut prendre cinq minutes de plus si vous le désirez…

Encore ? Ou bien il est doué pour la voyance, ou bien je suis transparente…

– Ça… ça dérange pas ? C'est parce que… Je pense que je voudrais… Vous êtes sûr que je dérange pas ?

– Sûr.

Je me rassois sur le bout du fauteuil. Je fixe les feuillets de mon texte, qu'il a déposés sur le bureau à côté de lui.

– Tout ça, là… Ce que j'ai écrit… Vous voulez savoir pourquoi ?

Un bref hochement de tête.

– … Je le sais pas exactement. Mais ce que je sais, c'est… Ce que je voulais vous dire, ce que je voulais dire à quelqu'un, je l'ai pas écrit. J'ai écrit « autour », comme… Mais vous l'avez trouvé. Vous êtes pas mal bon.

– Qu'est-ce que j'ai trouvé ? Dites-moi.

– Ma trahison. J'ai trahi mon frère. Puis à cause de ça…

Stop!

– Allez, dites-le…

– C'est ridicule. Je le sais, que c'est ridicule.

– Dites-le quand même.

– C'est à cause de moi qu'il est mort.

– …

– Vous êtes content, là ?

– Comment vous sentez-vous ?

Ah, misère…

– Je me sens pas. Demandez moi-z-en pas trop, là !

– Qu'est-ce qui arriverait de tellement grave si vous vous laissiez le droit de ressentir quelque chose ?

– Je le sais pas, mais je peux pas me permettre de tenter l'expérience. J'ai personne pour me ramasser, si je m'effoire à terre !

– Sauf ici. Je suis là, moi. Je vais vous ramasser si vous tombez.

– Merci, mais je passerai pas ma vie ici. Déjà, c'est beau que je réussisse à brailler devant vous. Même si c'est toujours pour des niaiseries…

– Des niaiseries ?

– Oui ! Parce que vous m'appelez par mon nom, parce que vous me manifestez de l'intérêt ou de la compassion…

– Et d'avoir vieilli en pensant que votre frère est mort à cause de vous, c'est une niaiserie aussi ?

– Non, mais c'est… ridicule. Je vous l'ai dit.

– Qu'est-ce que ça vous inspire comme sentiment, maintenant que vous y repensez ?

– Peut-être un peu de honte…

– De l'avoir trahi ?

– Non non… D'avoir pensé que j'ai de l'importance à ce point-là. Je sais que j'ai rien à voir avec sa mort. Je comprends pas pourquoi j'ai toujours entretenu l'idée que c'était de ma faute. J'imagine que j'avais besoin de me valoriser !

Je ricane, mais ça sonne faux. Il me regarde et prend une inspiration, comme quand il s'apprête à « frapper ». Ça serre un peu, sous mes côtes…

– Il va vraiment falloir terminer maintenant. Mais avant que vous partiez, j'ai quelque chose à vous dire…

– *One for the road* ? C'est ça ?

Sourire.

– Si on veut. Ce qui m'a frappé, dans le passage de votre texte où vous parliez de votre frère, ce n'était pas ce que vous avez cru… Ce n'était pas votre « trahison ».

– Ah bon ? Je vous crois meilleur que vous êtes, c'est ça ?

Encore son petit sourire.

– Peut-être… Non, ce qui m'a frappé, c'est votre description de ce que faisait votre frère… S'introduire des aiguilles sous la peau, s'asphyxier volontairement… Je me suis dit qu'il devait y avoir un sérieux problème, dans votre famille, pour qu'un jeune de treize ans aille aussi loin pour réussir à ressentir quelque chose, jusqu'à la mort, en fait…

– C'était un ACCIDENT !

– Bien sûr. Mais un accident préparé de longue date, sans que personne, sauf vous, ne s'en soit rendu compte.

J'étouffe. Je veux m'en aller.

– … Votre « trahison » était en fait une main tendue. Et je trouve dommage que vous ayez payé aussi cher votre tentative de protection. Voilà ce que je voulais vous dire. On se revoit mardi prochain.

Le départ

Je me suis jamais sentie aussi mal de toute ma vie. Moi, je pensais qu'on allait en thérapie pour être mieux, pour régler des problèmes, pas pour en ramasser d'autres ! Mais depuis que je viens ici, il me semble que tout va de plus en plus mal dans ma vie. Je n'ai plus de repères, vous m'avez enlevé toutes les petites sécurités que j'avais réussi à me garantir. Là, à chaque fois qu'il m'arrive quelque chose, n'importe quoi, une platitude comme une affaire agréable, je fige, je sais pas comment réagir… Je me dis que ma première réaction est fuckée, que c'est toujours pour les mauvaises raisons que je suis contente ou *down*. Je n'ai plus confiance en moi, plus du tout. Ni en ce que je peux faire ni en ce que je peux ressentir. Vous m'avez paralysée bon raide ! C'est plate, c'est plate en maudit !

Oh, vous m'avez dit des bien belles choses ! À propos de mon frère, puis tout ça, que j'avais essayé de le protéger et que j'avais payé cher pour ça… Il faut vous donner ça : vous êtes très encourageant. Vous me faites souvent oublier à quel point ma vie est plate et ordinaire. Des fois, j'arrive même à voir une espèce de continuité dans ma vie… Ça me change de mon éternelle impression d'accumuler des expériences et des rencontres sans but ni lien.

Donc, c'est pas à cause de vous… Ni de votre attitude ni de votre méthode. Mais la réalité, ma réalité, c'est que la thérapie, c'est pas pour moi. Je dis pas que ça ne peut pas marcher pour certaines personnes, mais c'est pas mon cas. Je veux bien accepter que ça soit pas toujours une partie de plaisir, mais là, c'est une vraie torture ! Puis pas juste quand je suis ici, tout le temps ! Ça fait que…

Remarquez, si j'avais juste ça à faire, dans la vie, être en thérapie, je dis pas… Je prendrais ça comme… un traitement de chimiothérapie, mettons. Ça vaudrait la peine de sentir tout mon corps se tordre de douleur, toutes mes cellules prendre en feu, parce que ça voudrait dire que celles qui sont malades et qui veulent contaminer les autres y passeraient elles aussi, et que j'aurais une chance de guérir, de vivre. Mais je suivrais pas une chimiothérapie en même temps que je travaille, vous comprenez ? Ben là, c'est ça que je fais ! Vous êtes en train de mettre le feu dans ma vie, mais tous les matins, je rentre au bureau quand même. C'est invivable, vous comprenez ? Je peux plus travailler, je peux plus dormir, je peux plus rien faire ! Là, à l'agence, je travaille censément sur le «développement de nouvelles stratégies de marketing»… Ils m'ont demandé un rapport dans trois mois. Vous voyez le genre ? En fait, ils m'ont mise sur une tablette ! Pourquoi ? Parce que j'ai fait l'erreur de laisser ce qui se passe ici entrer dans mon travail. Ça, ça pardonne pas. Je peux me compter chanceuse qu'ils m'aient pas carrément foutue à la porte.

Alors, je veux plus prendre de chances. Je peux pas me permettre de baisser les bras et de me laisser aller à une introspection qui peut durer des années, et qui risque, de toute façon, d'aboutir à rien. C'est ça que j'aime pas ici : j'ai toujours l'impression que vous essayez de me faire sortir quelque chose, je sais pas quoi, un secret enfoui profondément dans mon inconscient, et que vous tentez de ramener à la surface. Mais j'ai beau chercher, je trouve pas. C'est sûr qu'il y a des affaires dont je veux pas parler, mais c'est juste parce que… ça me tente pas ! Puis, à part de ça, vous pensez pas que si j'avais eu quelque chose à découvrir et à régler, je l'aurais déjà fait ? Je suis pas une tarte, quand même ! Je réfléchis, puis j'en comprends, des affaires ! Quand mon père est mort, j'en ai fait un, retour en arrière. Je sais pas si vous savez, mais ça a brassé pas mal ! Surtout qu'avant de mourir y m'a parlé de…

En tout cas ! Sa mort a remis beaucoup de choses en question, et j'ai vécu une période difficile. Mais je m'en suis sortie ! Et les décisions que j'ai prises à ce moment-là, à propos de la façon dont je voulais diriger ma vie, personnelle et professionnelle, je les reprendrais de la même manière aujourd'hui ! OK, j'ai eu des problèmes ces derniers temps, et c'est pour ça que je vous ai consulté. J'ai pensé que ça me ferait du bien d'avoir le point de vue d'un spécialiste. Ben je l'ai eu, puis – excusez-moi –, mais c'est un point de vue que je partage pas. Vous avez l'air de croire que j'ai de bonnes raisons de me sentir mal, d'avoir les problèmes que j'ai. Vous êtes toujours en train de me dire que mes désirs sont « légitimes », tout à fait normaux. Merci, mais je pense que vous dites ça seulement pour m'encourager et aussi parce que vous savez à peu près rien de moi. Vous savez juste ce que je vous ai dit, puis je vous jure que c'est rien. Il faudrait pas vous imaginer que dans les dix petites pages que je vous ai écrites, j'ai mis toute ma vie ! Vous êtes pas au courant du millième de ce qui s'est passé dans ma jeunesse ! Je vous ai parlé d'une couple de choses, un peu parce que ça me faisait du bien, et beaucoup parce que je voulais vous montrer que j'avais des vraies raisons d'être fuckée comme je le suis. Mais le vrai portrait, vous êtes loin de l'avoir, ben loin ! Peut-être que l'image que je vous ai donnée de moi est pas tout à fait juste… Allez pas croire que je suis parvenue où j'en suis dans ma vie, professionnelle entre autres, en jouant les chiens battus comme je le fais ici depuis six mois. Des coups de griffes et de dents, j'en ai donnés probablement plus que j'en ai reçus. Mon père aussi, il a eu sa part, si vous voulez le savoir ! J'ai pas toujours eu onze ans… J'ai vieilli à un moment donné, puis j'ai compris comment ça marchait avec du monde comme lui, avec le monde en général. Le respect que tu réussis à aller chercher est directement proportionnel aux blessures que t'infliges. Ça, je l'ai compris assez vite. Et même si ça m'a jamais fait plaisir d'écraser quelqu'un, j'ai pas hésité à le faire parce qu'il y allait de ma survie. Ça fait que je suis loin d'être la victime dont je vous ai donné l'image.

Mais j'ai pas menti, hein ? Pas du tout. Je pouvais pas, je peux pas tout vous dire. Quand je viens ici, c'est toujours juste une petite partie de moi que j'emmène. Celle, justement, qui a besoin d'aide, qui a le goût de se plaindre, de se faire consoler. L'autre, celle qui a réussi à survivre à ses petits bobos d'enfance, celle qui s'est bâti une vie solide et qui la mène à sa façon, elle vient pas ici, elle en a pas besoin. Mais là, ce qui se passe, c'est que vous avez défait mon équilibre. Depuis que j'ai eu le malheur de venir vous voir, vous avez mis la hache là-dedans.

La victime se sent encore plus victime, elle arrête pas de pleurnicher et de s'apitoyer sur son sort. L'autre aussi est contaminée, et elle passe ses journées à essayer de faire fermer la gueule à la chialeuse. Pendant ce temps-là, moi, je fous rien, j'arrive à rien. Vous m'avez volé tous mes outils, c'est ça que vous avez fait ! Pire, je dirais que vous m'avez castrée ! Vous m'avez enlevé tout mon *guts* ! C'est une belle façon de s'exprimer pour une fille, à part de ça, hein ? Est-ce que c'est assez freudien pour vous ? Vous pourriez écrire ça dans votre beau cahier en cuir…

Vous savez, vous aviez raison à propos de mon père et de mon complexe d'Œdipe. Mais ça s'est pas passé comme vous l'avez cru. En tout cas, pas tout à fait. C'est vrai qu'au moment de la mort de Jean je suis devenue son bras droit, qu'il m'a mis la maison et ma mère sur le dos. J'étais « de garde », comme vous dites, et jamais il me remerciait ou me montrait quelque signe de gratitude que ce soit. Quant à la tendresse ou l'affection… Pfft ! Il a jamais su ce que ça voulait dire. Mais moi, je continuais à m'occuper de tout parce que je pensais que c'était mon devoir. Et aussi, comme je vous l'ai dit, parce que je me sentais responsable de la mort de mon frère. J'aurais dû prévoir que papa réagirait comme toujours, par la discipline et la froideur. En tout cas. Mais, ce que vous savez pas, c'est qu'une bonne journée, il a changé. Tout à coup, il est devenu très affectueux avec moi. Il me disait que j'étais belle, une belle femme, que je ressemblais à maman quand elle était jeune, qu'il était fier de moi. Est-ce que j'ai besoin de vous faire un dessin pour que vous deviniez la suite ? J'avais quatorze ans, une maison et une mère alcoolique-dépressive à charge, puis il fallait que je fasse du slalom pour éviter mon père. Une bonne journée, j'ai mis les freins ben raide! Je lui ai dit de me lâcher ou bien je le disais à maman. Ça s'est arrêté et on est revenus comme avant : moi en charge, lui froid et distant, mais avec une sorte de tristesse que je lui avais jamais connue. Et moi, eh bien… Je vous avertis, c'est pas mal fucké comme histoire… J'étais contente d'avoir la paix, mais, en même temps, à chaque fois que je repensais à ce qu'il m'avait dit, que j'étais belle et tout, je me sentais drôle… Je veux dire… Ça m'excitait. Même que quand j'ai commencé à faire l'amour, c'était toujours à lui que je pensais pour réussir à aimer ça. Ça fait que… Vous aviez raison, hein ? Très beau cas d'Œdipe! Et voulez-vous en savoir une bonne ? Pas longtemps avant de mourir, il m'a demandé pardon. Il était déjà pas mal confus, et je savais pas trop de quoi il s'excusait, au juste… De m'avoir traitée comme sa bonne ou d'avoir essayé de me traiter comme sa femme ? Il pleurait comme un petit garçon, avec des gros sanglots. Ça devait être l'effet de la morphine, sinon, je vois pas ce qui l'aurait poussé à me demander pardon. En tout cas… Le fait est que je lui ai pas pardonné. Je l'ai regardé dans les yeux et je lui ai dit : « Non, je te pardonne pas. » Je me suis vengée de tout ce qu'il… de tout. Pour mon frère, pour ma mère, pour moi. Une vengeance familiale! Sauf que… C'est bête à dire, mais j'ai fait ça pour rien. Ma mère était déjà pas mal dans les vapes, mon frère était mort depuis longtemps et moi, ben… Ça faisait déjà un bail que rien pouvait me satisfaire.

Bref, ce que je veux dire, c'est que vous savez pas grand-chose de moi. Et j'ai pas envie de vous en dire plus. Ce que je veux faire, dans le fond, c'est oublier.

C'est ça que je veux, depuis des années. Oublier mon enfance, ma famille, mon frère. Bon, je vous accorde que d'aller en thérapie, c'est peut-être pas la meilleure façon d'enterrer son passé… Mais, au départ, je voulais juste un petit coup de pouce pour m'aider à me calmer et à dormir. J'étais plus capable de sentir ce poids-là sur ma poitrine. D'ailleurs, c'est bizarre, je vous en ai jamais parlé de ça… J'avais l'impression, souvent, que j'étais en train d'étouffer. Comme si quelqu'un s'assoyait sur mes poumons, puis les empêchait de respirer. Ou bien, d'autres fois, c'est comme si on m'avait planté un poignard dans le dos, entre les omoplates. Ça m'est arrivé une couple de fois pendant que je dormais, mais aussi en plein jour, pendant une réunion à l'agence. C'est pas mêlant, je pensais que j'allais mourir. Et, je peux bien vous l'avouer maintenant, parce que ça a plus d'importance… J'ai cru que j'allais mourir pendant au moins trois mois avant de venir ici. J'ai même fait un testament, c'est pour vous dire ! Et je vous parle pas de tous les tests que j'ai passés. Mon système digestif au complet a été scruté sous toutes ses coutures… J'ai subi je sais pas combien d'électrocardiogrammes, aussi. Au repos, à l'effort : tout était normal. À la fin, le cardiologue était écœuré de me voir. Le gastro-entérologue aussi. C'est lui qui m'a dit : pourquoi vous ne prenez pas des antidépresseurs ? Eille ! Des antidépresseurs ! Je vous dirai pas ce que je lui ai répondu, mais je l'ai plus jamais revu. Après, une amie m'a parlé de la clinique ici… Je me suis dit que j'avais rien à perdre… Mais, encore une fois, je me suis trompée. J'avais beaucoup plus à perdre que je croyais.

Je veux pas que vous pensiez que je suis pas contente de vous. Ça a rien à voir. C'est un choix que je fais, d'arrêter. Un choix rationnel, réfléchi. Je veux arrêter parce que ça vaut pas la peine de continuer. C'est tout. J'irai pas plus loin. Il y en a pas de « plus loin », *anyway*…

— Vous ne dites rien…

Ayoye. Ça fait combien de temps que je suis là à ruminer comme une vache tout ce que je lui dirais si j'étais pas si lâche ?

— J'essayais la télépathie… Mais ça a ben l'air que ça marche pas.

— Je n'en suis pas si sûr…

Oh oh. Qu'est-ce que ça veut dire ça ?

— Comment ça ?

— Je crois saisir assez clairement où vous en êtes…

— Ah oui ? Dites-moi donc ça ?

J'ai mis tout ce que je pouvais d'ironie condescendante dans mes paroles…

— Vous songez à arrêter nos rencontres.

— Elle était facile, celle-là ! Vous savez bien que je veux toujours arrêter…

— Peut-être… Mais cette fois, c'est sérieux. Je me trompe ?

— Non.

— Vous voulez en parler ?

— Je sais pas si vous savez, là… Mais je viens de vous en raconter pas mal dans ma tête. J'ai pas envie de recommencer. Vous auriez pas un système, là ? Vous savez ? Un bidule que vous pourriez brancher directement sur mon cerveau ?

— Un détecteur de mensonges, un bidule pour vous brancher… Vous êtes prête à beaucoup pour ne pas avoir à parler, n'est-ce pas ?

Le pire, c'est que ça me fait rien qu'il me dise ça. Pas de farce : rien du tout ! Je suis prête à tout admettre, même que je suis une refoulée introvertie chronique, pourvu que ça arrête. Juste que ça arrête.

— Vous croiriez pas ça, tout ce que je suis prête à faire…

Il me regarde. Il ne sourit pas, rien. Mais son visage s'ouvre comme une fleur. Rien de caché dans son expression, seulement une grande attention.

Qu'est-ce que je raconte! «Son visage s'ouvre comme une fleur…» Franchement, il est temps que tu décrisses d'ici, toi!

— … Mais il y a une chose que je veux pas.

— Je vous écoute…

— Je veux pas partir «en chicane». Je veux dire… Je veux arrêter parce que je suis plus capable de vivre comme ça, mais j'ai besoin de sentir que vous êtes pas en désaccord avec moi.

— «Vivre comme ça»? Comme quoi?

— Toujours à me poser des questions. Toujours à me sentir coupable de tout, surtout d'être ici.

— Vous vous sentez coupable d'être en thérapie?

— Pas vraiment, mais… Disons qu'il y a des gens qui ont des besoins pas mal plus essentiels que les miens et qui ont pas les moyens de se regarder le nombril à quatre-vingt-cinq dollars la *shot*… Quand je me regarde objectivement, je trouve que je suis gras-dur…

— Ça revient un peu à ce que vous disiez l'autre jour : vous n'en êtes pas morte, alors ça ne vaut pas la peine de s'éterniser là-dessus.

— Vous m'arrachez les mots de la bouche!

— Bien… Je vais respecter votre décision, mais je ne crois pas être en mesure de vous donner mon accord…

— Vous allez me punir? C'est ça?

– Je n'ai le pouvoir ni de vous punir ni de vous récompenser. Je ne possède pas assez de renseignements sur vos raisons pour pouvoir être d'accord ou non avec votre décision, c'est tout. Mais je ne vous jugerai pas, quoi que vous fassiez.

Ha ! Elle est bien bonne, celle-là !

– OK, OK… Je le sais que vous êtes un bon gars… Qui juge pas, qui respecte les autres, qui les aide ! Un ben bon gars !

Tellement choquée, tout à coup, que j'en tremble. Qu'est-ce qui me prend, pour l'amour ?

Lui me regarde un temps, semble hésiter à parler, puis se lance.

– Vous aimeriez que j'essaie de vous empêcher de quitter la thérapie ?

Quoi ?

– Vous là ! Commencez-moi pas ça !

– Quoi, ça ?

– Tout virer de bord, présumer de ce que je veux vraiment, me faire douter de tout !

– Ce n'est pas mon intention. Mais je dois vous avouer que oui, j'ai l'impression qu'en me demandant mon accord vous cherchez autre chose. Pardonnez-moi si je me suis trompé.

Ça, c'est encore pire. Quand il s'excuse, j'ai envie de le frapper ! Surtout quand je sens qu'il a raison… C'est vrai que j'aimerais ça qu'il me retienne. En tout cas, qu'il essaie, au moins !

– Écoutez… C'est justement de ça que je suis tannée : chercher des doubles sens à tout ce que je dis, à tout ce que je fais… Avoir l'impression que je suis toujours un pied à côté de mes bottes. OK, peut-être que j'aimerais que vous me convainquiez de poursuivre la thérapie. Mais c'est seulement un caprice. Je veux peut-être simplement sentir que quelqu'un m'accorde un peu d'importance…

– Et vous ? Quelle importance vous accordez-vous ?

– Trop ! Beaucoup trop ! C'est ça, mon problème ! J'accorde de l'importance à toutes les niaiseries qui me passent par la tête ! Puis, en plus, je viens vous casser les oreilles avec ça à toutes les semaines…

– Alors, venir ici, c'est aussi un « caprice » ?

J'avoue que je vais m'ennuyer de ça : il y a pas un mot que je prononce qu'il oublie…

– Un caprice, un luxe, une lubie, appelez ça comme vous voulez… Le fait est que je ressasse toujours les mêmes vieilles histoires. Même moi, ça m'intéresse pas. J'ai déjà éprouvé de l'émotion à retourner en arrière et à me souvenir de mon enfance. Mais ça fait longtemps que ça me touche plus. Ce sont des émotions usagées, comprenez-vous ? Usées à la corde, passées date.

– Je pourrais peut-être vous aider à trouver des émotions neuves ?

– Faire du neuf avec du vieux, c'est ça ? Comme dans une shoppe de récupération ?

Un petit sourire de rien du tout.

– Si on veut…

C'est tout ce que vous trouvez à me proposer pour me convaincre de rester ?

– On peut commencer par ça…

Non, décidément, il a trop l'air de s'en foutre.

– Laissez donc faire… Je suis certaine que vous avez des clients qui valent la peine bien plus que moi que vous vous en occupiez.

– Je ne savais pas que vous étiez en compétition avec mes autres clients…

Hein ?

– Pas du tout ! Vous êtes ben plate ! Pourquoi vous dites ça ? Je vous sors pas de vacheries, moi, à matin ! J'essaie de faire une rupture propre, civilisée, raisonnable… Et vous m'accusez de… de…

– De quoi ? Qu'est-ce qui vous dérange, là ?

– Ce qui me dérange ? C'est vos petites remarques assassines ! Je vous dis seulement que vous pourriez être plus utile ailleurs, puis vous insinuez que je me compare à vos autres clients… Un peu plus et vous m'accusez d'être jalouse !…

Wô. Relaxe… Ah, puis merde !

– … Je vous trouve mesquin ! Juste ça, ça serait une raison suffisante pour crisser mon camp ! Si vous pensez me retenir avec une attitude de même, vous vous mettez un doigt dans l'œil jusqu'au coude !

– Je vous en prie, Béatrice…

– Quoi ? Vous avez peur que les voisins m'entendent ? Vous voulez pas que le *twit* qui attend de l'autre bord, comme toutes les semaines, sache que vous recevez des folles hystériques ? C'est quoi, son problème à lui ?

– Pardon ?

– Le morpion à lunettes qui passe après moi… C'est quoi son problème ? Il est pas capable de bander ? Il avait une mère castratrice, puis maintenant, il est impuissant ?

– Si on parlait plutôt de vous… Votre impuissance sexuelle, ça date bien de la mort de votre père, il y a huit ans ?

Paf ! Merde. C'est pas vrai !

– Comment vous ?… Pourquoi ? Qu'est-ce qui vous fait dire ça ?

– Vous savez… Vous me dites souvent que vous ne parlez de rien d'important ici… Je crois qu'il s'agit d'une fausse impression. Je vous accorde que vous n'approfondissez pas souvent, mais au cours des six derniers mois, vous avez semé ici beaucoup d'informations, probablement plus que vous ne le désiriez. Hélas pour vous…

Un sourire incroyable… Arrête ça, vieux snoreau !

– … j'ai une excellente mémoire, je prends beaucoup de notes et, si vous me passez cette expression, je fais bien « mes devoirs ».

– Qu'est-ce que vous essayez de faire, là ?

– Vous convaincre de ne pas laisser tomber la thérapie.

– Ah bon. En me traitant d'impuissante ? En me disant que je manque de profondeur ? En m'avouant candidement que vous prenez en note tout ce que je dis ? Pas mal spécial comme stratégie, savez-vous ça ?

Imperturbable.

– Alors ? Qu'en dites-vous ?

– Vous m'épuisez…

– C'est moi, ou c'est toute l'énergie que vous mettez à refuser de vous laisser aider ?

– OK… On va faire un *deal* : je reviens la semaine prochaine, mais c'est la rencontre de la dernière chance ! Je vous avertis : la balle est dans votre camp. Moi, je suis allée au bout de ce que je pouvais me raconter pour me convaincre de continuer. Si vous voulez que je reste, va falloir me donner des maudites bonnes raisons. Ça va vous faire un beau gros devoir à faire d'ici là… Êtes-vous content ?

– Oui.

Juste ça qu'il dit : oui. Avec un petit sourire timide, tellement charmant que ça pourrait presque être une raison pour revenir…

L'orpheline

J e suis arrivée en avance. Pourquoi aujourd'hui ? Je
déteste ça. Je veux pas voir la personne qui me pré-
cède. Ça me dérange, ça m'enlève le peu de concentration que je réussis à ramasser. Surtout aujourd'hui.

Oups. La porte.

– Bonjour !

Ah ben. C'est lui. Pas de client avant moi ? Ou
bien il est parti avant l'heure ? Il s'est poussé ? Il a
décidé d'arrêter la thérapie ?

– Je suis en avance…

– Oui… Mais vous pouvez entrer.

Il rentre dans son bureau. Je le suis sans un mot,
un peu étourdie. C'est incroyable comme je suis
sensible : le moindre changement de routine me
débalance…

J'enlève mes souliers tandis qu'il s'installe dans
son fauteuil. Je ramène mes jambes sous moi, je regarde partout, sauf dans sa direction. Mais je sens son
regard, ouvert, bienveillant. Son regard du début, qui
veut dire : allez-y, je vous écoute…

La petite horloge marque 10 h 55. Je la fixe des
yeux et j'ai tout à coup l'impression que je ne pourrai
pas dire un mot avant qu'elle n'indique 11 heures.
Ridicule. Maniaque. *Go !*

– Je suis née un mardi…

– Pardon ?

– Je suis née un mardi… À 11 h 55… Pensez-vous que c'est pour ça que tout ce qui se passe d'important ici se passe toujours à cette heure-là, cinq minutes avant la fin de notre rencontre ?

– C'est ce que vous croyez ?

– Je sais pas. Je disais ça de même…

Silence. Trou. On dirait que j'ai dépensé toute mon énergie seulement dans ces quelques phrases. Pourquoi suis-je ici ?

– Vous me semblez fatiguée…

– Oui, pas mal.

Pas envie d'expliquer. Pas envie de… rien. Il voulait que je vienne, je suis venue. Ce rendez-vous est d'ailleurs la seule certitude que j'aie eue depuis une semaine. Faut pas m'en demander trop.

– Vous le saviez depuis longtemps ?

– Quoi ça ?

– À propos de votre jour et votre heure de naissance…

– Oui… Non. En fait, je l'ai déjà su, mais j'avais oublié.

– Qu'est-ce qui vous l'a remis en mémoire ?

C'est quoi, là, l'interrogatoire à matin ?! On peut pas avoir la paix, un peu ?

– Est-ce que je suis obligée de répondre ?

Son petit sourire crasse…

– Bien sûr que non…

– J'ai retrouvé mon livre de naissance, la semaine dernière. Je l'ai lu d'un couvert à l'autre. Très intéressant d'ailleurs, ce que maman avait écrit. Je faisais mes nuits à trois mois… J'ai dit mon premier mot à huit mois… À dix mois, je marchais… Puis, je parlais couramment – et sans arrêt, paraît-il – à un an et demi. À mon premier anniversaire, maman a écrit : « Béatrice, bébé modèle. » Pfft !

– Vous n'aimez pas qu'elle ait écrit ça ?

– C'est pas ça… Mais qu'est-ce que ça veut dire, ça, bébé modèle ? Modèle par rapport à quoi ?

– Pourquoi avez-vous autant de difficulté à accepter les paroles positives à votre égard ?

Il lâche pas lui, hein ?

– Comment est-ce que je peux accepter une appréciation si j'ignore par rapport à quoi ? Si vous me dites que je suis une cliente modèle, qu'est-ce que ça veut dire ? Que je vous donne pas de trouble ? Que je vous emmerde pas trop, que l'heure qu'on passe ensemble est pas trop éprouvante pour vous ? Ou bien dois-je comprendre que j'avance bien, que je suis coopérative, que je réagis bien à vos suggestions ou vos interprétations ? Dites-vous bien une chose… Je sais rien, moi. Je comprends rien. Je suis à zéro, là. Comme un bébé qui vient de naître, tiens, pour rester dans le sujet.

– Et qu'est-ce qui a provoqué cet état ? Quelque chose de spécial ?

Ah, misère. Envoye, dis-le-lui ! Autant en finir tout de suite…

– Ma mère est morte jeudi dernier.

Bang. Il me regarde avec ses grands yeux de… de quoi donc, au fait ? De petit garçon, oui, de petit garçon.

– Je suis désolé. Vous avez toute ma sympathie.

– Merci. Mais c'est pas… je veux dire… Je m'y attendais. En fait, je pensais pas que ce serait si rapide, mais… Arrêt cardiaque. Le personnel du Centre a été surpris, d'ailleurs…

– Elle n'avait pas de problèmes cardiaques reconnus ?

– Non. Seulement la dégénérescence neurologique associée à la maladie d'Alzheimer… Mais vous savez pas la meilleure ?

Non non non… Tu vas pas lui dire ça ! C'est stupide, c'est digne de Jojo Savard !

– Oui ?

Puis après, qu'est-ce que j'ai à perdre ?

– Elle est morte à la même date que Jean… Dites-le que vous trouvez ça con !

Son regard, perplexe, confus. Il ne comprend rien.

– Mes histoires de dates et d'heures, ce matin… Je sais que c'est con. J'avais une amie… Dans les années 80, elle s'est mise à tout expliquer avec les nombres. Une vraie folle ! Elle allait faire son marché, additionnait les chiffres du total de la facture, et selon ce que ça lui donnait, elle savait si elle passerait une bonne semaine ou non… Vraiment stupide, mais elle y croyait dur comme fer !

– Elle n'est plus votre amie ?

Rapport ?

– Non.

– À cause de sa passion des nombres ?

Tu parles d'une drôle de question…

– Non non… On s'est tout simplement éloignées… Vous savez, les amis d'enfance, des fois…

– Non, je ne sais pas. Dites-moi…

Ben là ! S'il commence à faire l'innocent, je vais être encore ici dans dix ans ! Quoique… C'est pas trop forçant comme sujet…

– Ben, on change, on n'a plus les mêmes intérêts, les mêmes idées… De toute façon, il faut couper le cordon avec son passé, à un moment donné. Puis, traîner une amie d'enfance toute sa vie, c'est sûrement pas la meilleure manière d'y arriver !

— Vous aviez l'impression de traîner votre amie ?

— Ben non ! C'est une façon de parler !

Mais c'est pas fou… C'est vrai que Suzanne était pesante… Surtout quand elle s'est mise à…

— … Elle fumait du *pot*, au moins dix joints par jour, quand on était au cégep… C'était soi-disant pour « élargir son niveau de conscience ». Ça me faisait chier, vous pouvez pas savoir comment !

— Je peux imaginer… Passer d'une mère alcoolique à une amie droguée… Vous deviez commencer à en avoir plein votre casque, comme on dit.

Wow.

— Vous êtes pas mal bon ! Vous me croirez pas, mais j'avais jamais fait le lien. Je me sentais coupable face à Suzanne, je pensais que j'étais une mauvaise amie. Je me trouvais *straight* sans bon sens ! Après tout, elle se piquait pas à l'héroïne ! Mais quand je la voyais *stone*, puis qu'elle me cassait les oreilles avec sa numérologie ou ses cartes de tarot, je voulais la tuer, c'est pas mêlant !

— Et votre mère, vous aviez aussi envie de la tuer ?

Ayoye. Ça, c'est raide. Qu'est-ce que je fais, je le frappe ?

— Vous aimeriez ça que je réponde oui ?

— …

— Oui. J'avais envie de la tuer. Et je me sentais coupable. Des envies de meurtre et de la culpabilité : c'est l'histoire de ma vie !

— Et aujourd'hui ? Maintenant que votre maman est décédée ? Comment vous sentez-vous ?

Misère. Y va pas recommencer avec ça !

– Soulagée.

– …

– J'aurai plus besoin de me traîner là toutes les semaines…

Tiens. Tu veux du vécu ? En vlà !

Peut-être parce que son cerveau reptilien est plus développé que chez la plupart des gens, parfois, quand il me regarde, il me fait penser à ma tortue Mimi : même yeux fixes, un peu visqueux…

– … Quoi ? Qu'est-ce que j'ai dit ?

– Que vous vous «traîniez» chez votre mère… Comme vous avez arrêté de «traîner» votre amie d'enfance… Il y a toujours un effort dans l'amitié ? Dans l'amour ?

Ben là ! Charrie pas !

– Vous poussez un peu, là, non ?

– Peut-être…

– Je pensais que vous aviez tiqué parce que j'ai dit que j'étais soulagée…

– Pourquoi j'aurais tiqué ?

– Je sais pas… Vous auriez pu me trouver sans-cœur. On parle pas comme ça de sa mère qui vient de mourir !

– Vous êtes honnête… Si c'est ce que vous ressentez à ce moment-ci…

«À ce moment-ci» ? Qu'est-ce que ça veut dire, ça ?

– Vous pensez que ça va changer ?

– Peut-être. Un deuil, ça se fait lentement, par étapes…

– Un deuil. Ouais. Le deuil de ma mère, je l'ai fait depuis longtemps…

– Oui… Le deuil de votre mère idéale, de celle que vous auriez désiré avoir… Mais le deuil de la mère que vous avez eue dans la réalité, vous devrez le faire aussi.

Oh *boy*.

— Pourriez-vous répéter ça ?

— La personne qui est décédée il y a quelques jours, vous devrez la pleurer autrement que l'autre, celle qui a inversé les rôles quand vous aviez onze ans…

Je sais pas pourquoi, mais j'ai tout à coup très mal à la poitrine, côté gauche, côté cœur.

— Vous exagérez, là ! Maman était malade ! Elle a pas fait exprès !

— Bien sûr. Je ne l'accusais pas. Mais c'est tout de même ce qui s'est passé, n'est-ce pas ? Vous êtes devenue sa mère et elle votre enfant, d'une certaine façon. Vous ne pouviez pas lui en vouloir à cette époque. Mais maintenant ?

— Qu'est-ce que ça me donnerait de lui en vouloir maintenant ?

— La colère est une des façons de faire un deuil. Vous m'avez dit que vous aviez parfois envie de la tuer et que vous vous en sentiez coupable… Aujourd'hui, qu'est-ce qui vous empêche d'exprimer votre colère ?

— Rien. J'en n'ai pas de colère. Lâchez-moi avec ça ! Ma mère, c'était une pauvre femme dépressive, mariée à un mari dominateur, et qui s'est jamais relevée de la mort de son fils. Pourquoi je lui en voudrais ? Avoir envie de la tuer, c'était une réaction instinctive, adolescente. Elle me gâchait la vie, alors j'avais envie de la tuer. Mais je lui en ai jamais voulu. À papa, oui. Mais pas à elle. Elle en valait pas la peine.

Je vois très clairement son sourcil gauche se hausser. Quoi ? Tu me crois pas ? Tu veux des détails ? Tiens-toi bien !

– Aujourd'hui, on dirait que ma mère, c'était une *twit*. Une petite secrétaire mariée à un médecin, et qui pensait que sa vie serait un jardin de roses ! Mais à la première épine qui lui a effleuré le bout du nez, elle a craqué. C'est ça qui arrive quand tu mets tes espoirs dans les autres, quand tu mènes ta vie comme un roman-photo, en te fiant seulement à ton charme et à ta beauté. Faut lui donner ça : elle était belle, c'était une femme superbe ! Mais dans sa tête, tout était rose nanane ou bleu ciel. Vous devriez voir les photos de mon frère et moi, très jeunes : on a l'air des petits personnages sur les gâteaux de mariage ! J'ai été habillée en mini-mariée à chaque événement spécial jusqu'à l'âge de sept ans !

– Qu'est-ce qui s'est passé à cet âge-là ?

– J'ai découpé en morceaux la robe qu'elle venait de m'acheter et je l'ai mise dans la chaudière à guenilles. Elle m'a empêchée d'aller jouer au football avec Jean et ses amis pendant un mois, mais elle a compris le message : plus de robes à froufrous ! En fait, plus de robes du tout. À partir de ce moment-là, je me suis habillée comme je voulais, c'est-à-dire le plus souvent avec les vêtements qui ne faisaient plus à mon frère.

– Puis ça a été la fin de Béatrice « bébé modèle » ?

OK… Pourquoi j'oublie toujours qu'il m'écoute, lui ?

– 1-0 pour vous. Comme disent les Anglais : « *Nice catch !* »

– Merci. Et si je vous dis ce que je pense du portrait que vous dressez de votre mère, allez-vous aussi m'accorder des points ?

C'est vrai. Il joue pour gagner, lui, ce matin…

– Quel portrait ? Je vous ai seulement expliqué pourquoi je pouvais pas ressentir de la colère contre elle.

– Parce qu'elle n'en valait pas la peine…

C'est quoi, là ?

– C'est quoi votre problème avec ça ? Je vous ai vu, tantôt, quand… Ça vous dérange, ce que je dis de ma mère ?

– Au contraire. Ça m'explique beaucoup de choses…

Ah, merde. Qu'est-ce qu'il va me sortir encore ?

– D'accord, ça compte pour les points. Vous avez pas une si grosse avance… Faites attention !

– Je suis prêt à prendre le risque…

Avec le sourire en plus… Envoye, *shoot* !

– Allez-y… Qu'est-ce que ça vous explique ?

– Eh bien… D'abord, pourquoi vous ne m'avez presque jamais parlé de votre mère.

Ben oui ! Pis ? C'est pas fort, ça…

– Ça, ça vaut même pas un demi-point…

– Et si je rajoute que votre mépris pour votre mère pourrait cacher une peur très profonde de lui ressembler ?

Wô.

– Ça, c'est la chose la plus vache que vous m'ayez jamais dite ! J'ai rien à voir avec ma mère ! Pourquoi vous dites ça, merde ?! Vous savez rien, vous comprenez rien, vous avez rien à dire là-dessus, OK ? RIEN !

Rendue là, je crie, je frappe de la main sur le bras du fauteuil. Comme un bébé frustré, comme une vraie petite fille…

Plutôt saisi, il prend un air navré et me regarde avec de grands yeux éplorés. Pour ne pas les voir, je ferme aussitôt les miens. Mauvaise idée. Comme si j'avais pesé sur le bouton « marche » d'un magnétophone, je me mets à entendre la Voix… « T'es belle… Tu ressembles à maman… Mais en plus intelligente…

Je veux que tu fasses des études, que tu réussisses… T'as tout ce qu'il faut! Tu vas pas te contenter d'un petit diplôme de secrétaire, comme ta mère… Tu vaux mieux que ça, Béatrice, beaucoup mieux que ça!» Je sais pas combien de fois je me suis passée cette bande-là dans ma tête… Mille fois? Deux mille? Il suffisait que je sois devant un miroir (pourquoi devant un miroir?) et un peu angoissée (comme ça m'arrive plus souvent qu'autrement), pour que ça parte… «T'es belle… T'es intelligente… Tu vaux mieux que ça…» Hantée par une voix fantôme depuis toujours.

— Béatrice…

Qu'est-ce qu'il me veut encore? Je garde les yeux fermés.

— J'ai pas envie de parler, merci.

— Très bien.

— De toute façon, vous avez trop de retard… Vous pourriez pas suivre.

— Ah bon?

J'entends de la surprise dans sa voix. Peut-être un peu de sarcasme aussi, non? Ça le pique que je lui dise qu'il ne comprendra pas? Intéressant… J'ouvre les yeux, je veux voir ça!

Rien, juste son débonnaire regard habituel…

— Vous ne voulez pas savoir en quoi vous avez du retard?

— Bien sûr!

Du ton de celui qui accepte une deuxième portion de dessert… Ben content. S'il était un chien, il bran-lerait la queue. Je ne sais pas pourquoi je cherche toujours à le prendre en défaut. Décroche, ma vieille! Il n'y a pas une once de malveillance dans cet homme. Il veut t'entendre, il veut t'aider, il veut ton bien. Ça fait que… arrête de niaiser. *Shit or get off the pot!*

— Écoutez... Ça serait trop long à expliquer, en tout cas pour tout de suite... Il y a tellement de choses que je vous dis pas, et depuis tellement longtemps, qu'on n'aurait pas assez de dix rencontres, juste pour se synchroniser...

— J'ai tout mon temps...

— Ben, pas moi !

— Ah bon... Dois-je conclure que votre décision est prise ?

— À propos de quoi ?

Il me regarde d'un air dérouté. Puis j'allume : la thérapie, la rencontre de la dernière chance...

— Vous pensez vraiment que je suis dans un état propice à prendre une décision ?

— Dans quel état êtes-vous ?

— Ma mère vient de mourir, mais je veux pas en parler. Je viens de me rendre compte que mon père a fucké complètement ma jeunesse et continue à m'obséder... mais je veux pas vous en parler non plus. Ce matin, j'ai envoyé chier mon patron, puis j'ai foutu le camp du bureau. C'est sûr à quatre-vingt-dix-neuf pour cent que j'ai plus de job, mais je suis pas ici pour vous parler de mon travail. Dans le fond, je suis assise ici à vouloir parler de rien à mon psy, tout en lui demandant de me convaincre de continuer la thérapie. C'est ça, mon état. Ça répond à votre question ?

— Oui, merci.

Un silence où il me «considère gravement», comme on lit dans les livres. Pour une fois, je soutiens son regard. Et plus je le regarde, plus je me sens bien. Pourquoi ?

— J'ai jamais été capable de regarder mon père dans les yeux plus que deux secondes...

– …

– J'avais toujours quelque chose à lui cacher ou à lui prouver. Mais vous…

OK, arrête.

– Oui ? Moi ?

– Rien… Vous êtes reposant.

Celle-là, ma fille, tu vas la regretter !

– À votre mère, aviez-vous aussi des choses à cacher ou à prouver ?

Tu vois ? Fin de la pause, comme quand le vidéo débarque et que la télé crache à tue-tête une annonce de meubles ou de parc d'attractions.

– Bon. On revient au sujet, c'est ça ?

– Si vous le voulez…

– Puis le sujet du jour, c'est ma mère ?

– Le sujet du jour, c'est toujours vous, Béatrice…

Ben oui, ben oui !

– Ma mère, là… Il n'y avait rien à lui cacher…

Ça, c'est pas vrai ! Qu'est-ce que tu racontes ? Tu vas pas te mettre à y mentir ?

– … Elle s'en foutait royalement, de toute façon !

– C'était l'impression que vous aviez ?

– Non. C'était la réalité. À un moment donné, elle a arrêté de me voir. J'ai disparu de son champ de vision.

Bang. C'est comme si quelqu'un venait de me l'apprendre. Jamais j'avais pensé à ce que je viens de dire. Maman m'a tout simplement oubliée quand Jean est mort. Ayoye.

– C'est pour cette raison que ça vous choque tellement quand je vous parle de la peur de lui ressembler ?

– Oui. Non. C'est compliqué. L'image que j'avais de ma mère venait de mon père, en grande partie…

Elle était l'exemple à ne pas suivre ! Et quand papa était pas content de moi, il prenait, pour me parler, le même ton que pour parler à maman : un mélange de condescendance et de mépris. Déjà que c'était pas évident entre elle et moi… Il a détruit tout ce qu'il aurait pu y avoir de simple, d'affectueux, de complice. Au secondaire, j'avais une copine qui s'entendait bien avec sa mère…

Francine… Je me demande bien ce qu'elle est devenue…

– Oui ?…

– 'Scusez… Euh… C'est ça… Ma copine me racontait ses conversations avec sa mère, leurs fous rires, toutes les niaiseries qu'elles faisaient quand elles étaient ensemble. Elle m'aurait parlé d'une famille de Martiens que j'aurais pas été plus estomaquée ! Mais maintenant, je le sais que c'était la mienne, la famille de martiens !

– Pourquoi ce n'était pas « évident » entre votre mère et vous ?

Pourquoi ?

– Je sais pas. C'était difficile de lui parler. Elle était tellement… fragile.

– Elle n'avait pas une bonne santé ?

– Non, pas bonne du tout. À aucun niveau, d'ailleurs… Physique et mental. Elle avait eu une grave maladie quand elle était jeune… Une double pneumonie ou quelque chose… Elle avait failli mourir.

– Quel âge avait-elle ? Le savez-vous ?

– Certain que je le sais ! Elle en parlait tout le temps. C'était son excuse préférée pour justifier sa mauvaise santé. « Quand on manque de mourir à sept ans, ça laisse des marques ! » Je l'entends encore…

– Sept ans… L'âge où vous avez arrêté de porter des robes…

Ah ben.

– Vous trouvez pas que vous charriez un peu, là ?

– Peut-être… Mais des fois, c'est surprenant ce qu'un enfant peut faire comme liens, même inconsciemment…

– Vous pensez que j'ai arrêté de porter des robes à sept ans parce que je voulais pas être comme ma mère ?

– Je ne pense rien… Je propose une concordance. Ça ne colle pas, pour vous ?

– En fait, oui, un peu… C'est bizarre… Je me souviens de ma fête de sept ans. Maman m'avait dit que c'était «l'âge de raison». Je voulais savoir ce que ça voulait dire, et elle m'avait expliqué que c'était l'âge où on était capable de comprendre les choses, le bien et le mal, tout ça. Ça m'avait fait *rusher*, parce que j'avais l'impression d'avoir toujours tout compris, moi ! Je me demandais bien ce que j'aurais pu comprendre de plus ! J'ai passé mon année à attendre une révélation qui n'est jamais venue… Après, on aurait dit que je n'accordais plus d'importance à ce que maman me disait… Pour les robes et pour tout le reste…

– Vous vous êtes éloignée du modèle…

– Si on veut… Mais finalement, sans grand succès.

– Que voulez-vous dire ?

– Votre histoire, là… La peur de ressembler à maman… Vous avez raison, dans le fond. Je suis aussi fuckée et fragile, sinon plus, qu'elle l'était ! En fait, c'est pas que j'ai peur de lui ressembler, c'est que ça m'écœure de voir que je lui ressemble autant !

Incroyable. Comment j'ai fait pour pas voir ça avant ?

– Votre mère a-t-elle déjà consulté pour ses tendances dépressives ?

Ça, c'est probablement la chose la plus drôle que le vieux crapaud ait jamais dite ! J'essaie de rire, mais ça sort comme un gargouillis de drain bouché.

– … Pardon ?

– 'Scusez… Non. Pas de consultation, pas de thérapie, rien. Seulement du Cinzano, des Valium et mon cher père. Puis après, un dénommé Alzheimer… C'est sûrement le meilleur thérapeute qu'elle aurait pas pu avoir, celui-là !

– Vous êtes cynique…

– Oui.

Pauvre maman ! C'est tout ce qu'elle a pu trouver pour se sortir du cauchemar… J'ose à peine imaginer sa réaction si elle avait su, pour papa et moi.

« Papa et moi » : tu y vas un peu fort, là, non ? Y a pas eu de « papa et toi »… T'as dit non, tu t'en souviens pas ? Pis c'est un non que t'as payé cher, ça fait que… Arrête de ruminer ça comme une vache coupable ! Puis envoye, enchaîne, Œil de Lynx va se douter de quelque chose !

– C'est drôle… Savez-vous ce qui va me manquer le plus, chez maman ? L'occasion d'être « personne » avec quelqu'un, d'être complètement incognito, une fois par semaine.

– Exactement le contraire d'ici, en somme…

Wow. Ça, c'est un lien !

– Oui, si on veut…

D'un air détaché, comme s'il venait pas, encore, de me jeter à terre…

– Si vous décidez d'arrêter la thérapie, est-ce que ça va vous manquer d'être « quelqu'un » une fois par semaine ?

Ah ah. Ben drôle !

– Très drôle…

– Je ne blague pas…

Ah bon.

Il me regarde. Tout simplement, l'air intéressé, il attend que je lui réponde. Est-ce que ça va me manquer ?… Bonne question.

– Dans le fond, ça tombe bien, pour vous, que ma mère soit morte, hein ?

Ayoye. Ça sort d'où, ça ?

– Que voulez-vous dire ?

– Que sa mort pourrait être une excellente raison pour que je continue la thérapie.

– Et pourquoi ça tombe bien « pour moi » ?

– Vous êtes supposé me convaincre de continuer… Ça vous aide, non ?

– Peut-être… Et pourquoi la mort de votre mère serait-elle, pour vous, une excellente raison de continuer ?

C'est ça. Fais l'innocent.

– Vous faites l'innocent, là ?

À peine un petit sourire…

– Disons que j'essaie de vous faire parler…

– OK. Ça serait une bonne raison parce que je pourrais être très affectée, vulnérable, et avoir absolument besoin de vous pour passer à travers cette épreuve…

– Et c'est le cas ?

– Je le sais pas encore. Franchement, là. Je sais pas. Mais chose certaine, c'est tentant, maintenant que ma mère est morte, de continuer à venir ici toutes les semaines. Ça me ferait au moins ça…

Qu'est-ce que tu racontes ?

Ben quoi ! C'est vrai : je vois qui à part maman et lui ? Je sors pas, j'ai pas d'amis, pas d'activités…

Mais tu vas pas lui dire ça comme ça ! Un peu de fierté quand même !

— Une stabilité, d'une certaine façon ?

Sauvée.

— Oui, une stabilité. Même si ça a rien à voir avec les visites à maman. Elle, il fallait que je la fasse manger comme un bébé, que je l'empêche de recracher sa nourriture partout, que je change sa couche…

Bon, les détails, là…

— Quand vous étiez avec votre maman, vous étiez utile…

— Si on veut…

C'est quoi, là ?

— Tandis qu'ici vous ne servez à rien.

— C'est ça. Bien résumé. Je sers à rien ni à personne.

— Même pas à vous-même ?

— Non. Je vous l'ai dit : c'est plus de trouble qu'autre chose. Ça m'est pas très utile.

— Et qu'est-ce qui manque, à votre avis, pour que ça le soit ?

Si je le savais !

— Y manque… d'y croire.

— De croire quoi ? Que la thérapie peut vous aider, ou que vous valez la peine de vous faire aider ?

Il me semblait bien que ça reviendrait sur le tapis, ça…

— Y a pas un mot qui se perd avec vous, hein ?

— Pourquoi avez-vous tant de difficulté à croire en votre valeur, Béatrice ?

Ah misère.

« Tu vaux mieux que ça, Béatrice… Tu vaux beaucoup mieux que ça… »

— Vous comprenez pas… C'est le contraire !

Es-tu content, papa ? Ta belle petite fille a réussi bien mieux que sa mère ! Puis si ça continue, elle va réussir à gâcher sa vie encore mieux qu'elle ! Tu peux être fier de toi !

— Expliquez-moi ça…

— C'est trop compliqué…

Trop tordu, tu veux dire ! Comment expliquer à ton psy que t'as lutté toute ta vie pour ne pas donner raison à ton père, tout en en ayant, en même temps, tellement envie ? Non mais, quelle merde…

— Je vous en prie, Béatrice. Ne vous fermez pas. Je crois que nous touchons à quelque chose d'important, ici…

You bet.

— Je suis pas capable !

Le motton. La gorge tellement serrée que je me demande comment l'air fait pour passer et se rendre à mes poumons.

— Que voulez-vous dire par « c'est le contraire » ?

— …

— Vous croyez que vous avez beaucoup de valeur ?

Ouais… Il veut vraiment le savoir, hein ? Pourquoi ?

— … Vous croyez que vous avez de la valeur, mais pas suffisamment pour faire une démarche thérapeutique qui vous aiderait à vous sentir mieux ?

Envoye, cherche ! Moi, j'ai pas le temps, il faut que je respire.

— Ou bien, ça pourrait être que vous croyez que vous n'avez pas le droit de montrer votre valeur ?

Oh oh.

— Pourquoi j'aurais pas le droit ?

— Entre autres pour ne pas être meilleure que votre mère…

Là, dis quelque chose, ma vieille, ça presse !

– C'est pas normal, ça, pour une adolescente, d'être en compétition avec sa mère et d'avoir à la fois envie et peur de la dépasser ?

– Certainement… Mais vous n'êtes plus adolescente depuis longtemps…

– C'est gentil de me le rappeler…

– Ressentez-vous encore le besoin de protéger votre mère ?

– Je vous avertis… Je ne vous suis plus du tout, là… De quoi vous parlez ?

– De votre droit à être vous-même.

– Rien que ça ? Vous doutez de rien, vous, ce matin !

Juste un petit sourire pour me faire savoir qu'il m'a entendue, mais il continue l'interrogatoire…

– Quand votre père n'était pas content de vous, il vous parlait sur le même ton qu'à votre mère… Mais quand il était content, quel ton prenait-il ?

Bang. Dans le fond, tout tourne autour de ça depuis le début, hein ? Envoye, dis-le !

– C'est un secret, ça. Un vieux secret…

– Je sais.

Il a parlé très doucement, sur le souffle. Il sait. Ah bon.

Silence.

– C'est drôle, mais on dirait que, maintenant, je comprends plus trop pourquoi c'était un secret… Même que je trouve ça complètement absurde ! Comment ça se fait ? Pouvez-vous me dire comment ça se fait ?

Comme une petite fille, comme une vraie petite fille qui demande «pourquoi ?». Même ma voix a monté de quelques tons.

Il me regarde d'un air surpris. C'est ma voix ou ma question ? Il prend quelques secondes avant de me répondre.

— Les secrets ont toujours leur utilité... Mais il arrive qu'un secret devienne inutile... Dans votre cas, je ne sais pas exactement, mais je crois que ça a un rapport avec la mort de votre mère...

Il s'arrête, quête du regard la permission de continuer. Ça va, ça va.

— ... Je crois que maintenant que vous êtes orpheline, vous n'avez plus personne à protéger. Alors, votre secret n'a peut-être plus de raison d'être ?...

Ça frappe dur. Je suis orpheline. Moi.

— Je suis orpheline ?

— Vous n'avez plus vos parents... Vous êtes orpheline.

Le pauvre. Être obligé de m'expliquer ce qu'est une orpheline... Il aura vraiment tout vu !

Orpheline. Ayoye. Cette fois-ci, c'est sûr que j'ai attrapé quelque chose, un streptocoque, la bactérie mangeuse de chair ou pire ! Ma gorge brûle comme la fois où j'avais mangé un riz aux piments jalapeños dans un restaurant indien. Puis, c'est pas juste ma gorge, c'est ma trachée, mon estomac, mon cœur ! Au secours ! Je suis en feu ! Je me lève d'un bond et j'éructe :

— Ça va pas bien, là ! Je suis plus capable de respirer !

— Je vais vous aider... Regardez-moi. Nous allons respirer ensemble.

Il me prend par les épaules, me tourne vers lui, amorce une respiration lente. Il me rattrape juste comme mes genoux plient... Je m'accroche à lui, je craque, je crie, je sanglote, je lui mets de la morve partout sur son beau veston de toile. Je suis orpheline.

Ça dure longtemps. Il me tapote le dos comme pour me faire faire mon rot. Je suis orpheline. Ma maman est morte. Ma maman est morte sans même savoir qu'elle me laissait. Qu'elle me laissait, moi. Vraiment toute seule maintenant. Orpheline. Merde.

J'arrête finalement de pleurer, me rassois. Il reste debout, me regarde avec inquiétude et tendresse. Pourquoi il me regarde comme ça ?

– Ça va mieux ?

– Je sais pas. Mieux que quoi ?

Il sourit, va se rasseoir, me regarde encore d'un air… comment dire ? Jamais personne ne m'a regardée comme ça. Dans son regard, il y a quelque chose que je ne reconnais pas ; comme s'il me parlait, presque comme s'il me touchait avec ses yeux ; une caresse, une petite tape dans le dos, un mot d'encouragement… Une présence à moi complète, mais gratuite. Une attention sans attente. Un intérêt désintéressé. Il me regarde comme j'aurais aimé que…

– … Avez-vous des enfants ?

Voyons, qu'est-ce qui te prend !

– Non.

Il n'a même pas hésité un quart de seconde avant de répondre.

– C'est dommage. Je veux dire… C'est dommage pour eux, les enfants que vous avez pas. Vous auriez fait un bon père.

Ben là ! Arrête !

– Merci. C'est gentil de me dire ça.

– Oui, ça fait changement, hein ? Après toutes les bêtises que je vous ai lancées !

C'est quoi ton problème, là ?

– … En tout cas, si jamais vous changez d'idée et que vous décidez d'avoir un enfant, je suis disponible. Vu que je suis orpheline, vous pourriez m'adopter…

«Vous pourriez m'adopter»? Ferme-la, pour l'amour!

– … Excusez-moi… Oubliez ça, mes conneries, ce matin… Je suis… Je suis un peu dépassée par les événements. Votre histoire d'orpheline, là… Ça m'a mise toute à l'envers. Tout à coup, je me suis retrouvée comme dans un film de Walt Disney… Bambi qui perd sa mère, ces affaires-là, c'est automatique, ça me fait brailler comme une vache.

– Vous avez besoin de vous identifier à un personnage de film, pour avoir le droit de ressentir de la peine?

– Vous lâchez pas, vous, hein?

– Si je dois vous adopter, j'aime autant que les choses soient claires…

Un petit sourire en coin. Y me niaise? C'est ça?

– C'est pas bien de se moquer d'une pauvre orpheline…

– Je ne me moque pas… Comment vous sentez-vous en ce moment?

– Ridicule.

– Pourquoi?

– Parce que je viens de demander à mon psy de m'adopter. Je savais que la journée serait dure, mais pas à ce point-là…

– Prenons la question sous un autre angle. Quel avantage aurais-je, moi, à vous adopter?

Le pire, c'est qu'il n'a même pas l'air de blaguer…

– Premièrement, je suis propre. Pas de taponnage avec les couches, puis toutes ces affaires-là.

Il rit, mais sans un son ; ses épaules se soulèvent en cadence, ses yeux se ferment à moitié, il est penché un peu vers l'avant.

— … Puis, je vous fais rire. Ça peut être pratique.

Encore crampé. Ben coudon.

— … À part de ça, même si ces temps-ci c'est un peu plus difficile, on peut dire que je fais mes nuits. Et quand je les fais pas, je dérange personne avec ça.

Il reprend son sérieux tranquillement.

— C'est bien. Ensuite ?

— Je suis intelligente, j'ai une certaine culture, et je suis autonome financièrement. Là, je vais peut-être passer une couple de mois sur le chômage, mais quand ça va aller mieux, je vais trouver autre chose…

— Quand quoi va aller mieux ?

— Ben… Je sais pas… Moi, je pense.

— Bien. Autre chose ?

Euh.

— Du côté de ma personnalité, je pense que vous avez une bonne idée… Je sais que c'est mon point faible, mais je vous promets de faire des efforts.

Là, il ne rit plus. Il me regarde avec sérieux.

C'est drôle, tout à coup, je serais prête à mentir pour qu'il accepte de me dire qu'il m'adopte. Je sais bien que c'est un jeu, et même un jeu « thérapeutique », mais il y a quelqu'un en dedans de moi qui joue pas pantoute…

— … Vous savez, je le sais ce que vous faites, là…

— Oui ? Je fais quoi ?

— Vous essayez de me faire dire pourquoi je vaux la peine de venir ici. Mes qualités, tout ça… Bel effort de votre part…

— Est-ce que j'ai une petite chance de réussir ?

– Je sais pas. Peut-être… Je vais sans doute revenir, mais pas parce que je trouve que je vaux la peine…

– Alors, pourquoi ?

– Juste pour essayer de me faire croire que je suis pas toute seule… Qu'au moins une personne s'intéresse à ce qui m'arrive. Oh, je le sais que c'est pas pour vrai… Je veux dire… Vous m'auriez pas arrêtée sur la rue pour vous intéresser à moi… C'est pas une vraie relation qu'on a, vous et moi. Vous, vous travaillez, puis moi, je vous paie…

– Nous avons déjà parlé de cela. Le fait que je travaille n'empêche pas mon intérêt. Au contraire.

Ben oui, ben oui.

– Pas grave, ça me dérange pas. C'est mieux que rien, *anyway*.

– « Rien » ? Pourriez-vous élaborer ?

– Rien. La solitude absolue. Personne qui dépend de moi et personne dont je dépends. Vous savez, j'ai mis toute mon énergie, depuis toujours, à atteindre ça. Et j'ai réussi ! Y a juste un petit problème…

Non, là là… Arrête ça.

– Oui ?…

– C'est pas comme j'aurais pensé… Le *feeling*, je veux dire… C'est… c'est décevant. J'ai l'impression d'être une roche sur le bord du chemin… Ou un petit chien dans une cage à la SPCA…

Franchement ! T'es pathétique…

– Je vois. Les chiens qui attendent d'être adoptés…

Silence. On dirait qu'il a un petit peu peur. Pourtant… Comment je pourrais vouloir du mal à quelqu'un capable de m'écouter assez attentivement pour faire un lien comme ça ?

– Savez-vous quoi ? Juste pour avoir dit cette phrase-là, c'est moi qui vous adopterais, veux-veux pas !

– Moi, je ne demande pas mieux…

– Bon ben… marché conclu ! Est-ce qu'il faut passer chez le notaire, ou quelque chose ?

Il sourit.

– Je ne crois pas. Je pense qu'il vous suffira de venir ici tous les mardis. Disons que nous allons procéder à une «adoption mutuelle à l'amiable»…

À mon tour de sourire.

– C'est aussi simple que ça ? Avoir su…

– On va devoir terminer maintenant.

– OK. Merci.

La routine. Comme dans un rêve, je rapaille mes affaires, lui tends son dû, lui serre la main.

Mais, tout à coup, je ne peux pas partir, même pas bouger, pas avant de…

– Est-ce que je peux vous demander quelque chose ?

– Bien sûr…

Je suis gênée, je rougis comme une petite fille.

– Bien, euh… Je veux juste savoir si… si vous pensez vraiment ça, que je vaux la peine de… que je vaux la peine.

Il ne dit rien. Me regarde. Il trouve sans doute que j'exagère, que je devrais foutre le camp, que je le mets en retard pour le prochain…

Puis, tout se passe comme au ralenti. Il met une main sur mon épaule droite, ses lèvres se pressent l'une contre l'autre, son menton tremble légèrement, dans ses yeux passe une petite brume et, se penchant vers moi, il dépose, très doucement, un baiser sur mon front. Un sourire.

– À mardi, Béatrice…
– À mardi.

Écrit à Montréal,
entre le 9 octobre 1986 et le 15 juillet 2003

Remerciements

J e tiens à remercier mes premiers lecteurs et lectrices, dont les commentaires m'ont encouragée pendant que ce livre suivait son parcours jusqu'aux Éditions Libre Expression. Merci donc à Alice, Marie-Mousse, Louise, Daniel, Aimée, Suzanne, Loulou, Manu, Sylvie, Serge, Lucie, Pierre, Geneviève, Albert et Yves. Merci aussi à Carole Levert et à André Bastien pour leur accueil.

Pour vos commentaires et pour rejoindre l'auteure Francine Tougas : lesmardisdebeatrice@hotmail.com

Les rencontres

Achevé d'imprimer
en août deux mille quatre